泰戈尔英文诗集全译

游鸟集
园丁集

【印度】泰戈尔 著
李家真 译

中华书局

图书在版编目（CIP）数据

　　游鸟集；园丁集／（印）泰戈尔著；李家真译. —北京：中华书局，2024.8. —（泰戈尔英文诗集全译）. —ISBN 978 - 7 - 101 - 16663 - 7

　　Ⅰ. I351. 25

中国国家版本馆 CIP 数据核字第 20240KZ938 号

书　　名	游鸟集　园丁集
著　　者	［印度］泰戈尔
译　　者	李家真
丛 书 名	泰戈尔英文诗集全译
责任编辑	徐卫东
装帧设计	毛　淳
责任印制	陈丽娜
出版发行	中华书局
	（北京市丰台区太平桥西里 38 号　100073）
	http://www.zhbc.com.cn
	E-mail：zhbc@zhbc.com.cn
印　　刷	三河市中晟雅豪印务有限公司
版　　次	2024 年 8 月第 1 版
	2024 年 8 月第 1 次印刷
规　　格	开本/787×1092 毫米　1/32
	印张 6⅝　插页 2　字数 40 千字
印　　数	1-6000 册
国际书号	ISBN 978-7-101-16663-7
定　　价	42.00 元

爱悦的赤子之心

（代译序）

孟子说："大人者，不失其赤子之心者也。"孟夫子主张性善，所以说了不起的人，便是能保持纯良仁爱天性的人。朱子对这句话的解释是："大人之所以为大人，正以其不为物诱，而有以全其纯一无伪之本然。"顶得住外物引诱，守得住生命本真，的确当得起一个"大"字。朱子的讲法，孟夫子大约可以同意。

到了民国，王国维先生说，"词人者，不失其赤子之心者也"，以为诗人之可贵处，在于不为世故沧桑所转移，常常拥有一份真性情、真思想，其中显例便是"生于深宫之中、长于妇人之手"的李后主，因为他"阅世愈浅，则性情愈真"(《人间词话》)，做国家领袖不行，做诗人却非常地行。

真性情固然是第一等诗人必有的素质，但若以阅世浅为前提，却不是十分令人信服。王先生这番议论之后没几年，我乡人兼同宗李宗吾先生又说，所谓赤子之心，便是小儿生来就有的抢夺糕饼之厚黑天性；保有这点"赤子之心"，便可以抢夺财富权力，甚至可以窃国盗天下。李先生所说本为滑稽讽世，而今日世界竞争惨烈，照字面搬用先生教诲的人好像不在少数。这样的"赤子之心"不能让人爱悦欢喜，反而容易使人惊恐畏惧，似乎并不太妙。

小时候捧读泰翁的诗，滋味十分美好，十分清新。本了不求甚解的古人遗意，那时便只管一味喜欢，从不曾探究原因何在。现在有幸来译他的诗，不得不仔仔细细咀嚼词句，吟咏回味之下，不能不五体投地，衷心赞叹这位真正不失赤子之心的诗人。

泰翁与王李二先生大抵同时，生逢乱世，得享遐龄，而且积极投身社会活动，可以说阅世很深。但是，他的诗里不仅有高超的智慧与深邃的哲思，更始终有孩童般的纯粹与透明。一花一木，一草一尘，在他笔下无不是美丽的辞章与活泼的思想，"仿佛对着造物者的眼睛"（《采果集》二一）。因了他的诗歌，平凡的生活显得鲜明澄澈，处处都是美景，让人觉得禅门中人说的"行住坐卧皆是禅"并非妄语。深沉无做作，浅白无粗鄙，清新无雕饰，哀悯无骄矜，泰翁之诗，可说是伟大人格与赤子之心的完美诠释。

以真正的赤子之心体察世界，时时可有风生水涌一般的惊异和欢喜。印度哲学家拉达克里希南（Sarvepalli Radhakrishnan，1888—1975）在《泰戈尔的哲学》(The Philosophy of Rabindranath Tagore，1918）当中写道："（包括诗歌在内的）艺术产生于忘我的喜悦，因此可以娱悦心灵，或者说创造欢乐，可以帮助灵魂跃出枷锁，与自身及外部世界达致和谐。"泰翁之诗，便是忘我喜悦生发的伟大艺术，好比一道道清泉，流过尘土飞扬的世路，滋润干渴枯焦的心灵，又好比一缕缕清风，吹去凡俗妄念的烟氲，让世界显露美好的本色。

　　只可惜对于我们来说，泰翁诗中的世界，委实是一个业已失落的世界。身处焦躁奔忙的现代社会，低头不见草木，举目不见繁星，佳山胜水尽毁于水泥丛莽，田园牧歌尽没于机器轰鸣。作为整体的人类，不仅已经自我放逐于伊甸园之外，更似乎永远失去了曾有的赤子之心。这样的我们，怎能不迷惑怅惘，茫茫如长夜难明，怎能不心烦意乱，惶惶如大厦将倾？

　　惟其如此，我们更要读泰翁的诗，借他的诗养育心中或有的一线天真。读他的诗，我们或许依然可以逃开玻璃幕墙与七色霓虹映现的幻影，从露水与微尘里窥见天堂的美景；读他的诗，我们或许依然可以从喷气飞机与互联网络的匆匆忙乱之中，觅得一点生命的淡定与永恒。

　　这个集子囊括了泰翁生前出版的全部九本英文诗集。大体说来，《献歌集》(*Gitanjali*，1912)是敬献神明的香花佳果，《园丁集》(*The Gardener*，1913)则如泰翁短序所说，是"爱与生命的诗歌"；《新月集》(*The Crescent Moon*，1913)是对纯真孩提的礼赞，

《采果集》(*Fruit-Gathering*,1916)主题与《献歌集》约略相似,笔调则较为轻快;《彤管集》(*Lover's Gift*,1918)讴歌爱情不朽,《渡口集》(*Crossing*,1918)冥思彼岸永恒;《游女集》(*The Fugitive*,1921)题材形式最为多样,醇美亦一如他集,至于《游鸟集》(*Stray Birds*,1916)和《流萤集》(*Fireflies*,1928),则都是有似箴言的隽永小诗。

实在说来,我以为泰翁的诗章只有一个主题,那便是大写的"爱"——爱自己,爱他人,爱万物,爱自己与万物共处的这个泱泱世界。就连泰翁笔下的神明,也从不显得孤高绝俗,仅仅是一颗时或忐忑的炽烈心灵,热爱凡人,也渴望凡人的爱。

真正的诗歌,岂不都是以"爱"为永恒的主题?大程夫子的"万物静观皆自得,四时佳兴与人同",与泰翁的"岸边搁浅的我,才听见万物的深沉乐音,才看见天空向我袒露,它繁星点点的心"(《彤管集》三八),吟咏的岂不是同一种爱?泰翁竭力践行这样的爱,不辞山长水远,"最迢遥的路线,才通向离自己最近的地点;最繁复的习练,才使曲调臻于极致的简单"（《献歌集》一二）；竭力以自己的存在，使世界变得更加可爱，"我写下的诗篇，已经使他们的花朵分外娇艳，我对这世界的爱，已经使他们对世界爱意更添"（《游女集》卷三，三二）。

泰翁的诗歌，对我国读者来说格外迷人，是因为我们浸润着"天人合一""民胞物与"的传统，格外容易与诗中妙谛产生默契。这不是泛神的迷信，而是深沉的爱与慰藉。昔人说"我见青山多妩媚，料青山见我应如是"，今日的青山，依然予我们脉脉的关怀，是我们，自弃于青山之外。

泰翁的诗歌带有浓重的理想主义色彩，极个别语句仿佛有说教的气息，然而在我看来，这并不能算是泰翁诗歌的瑕疵。泰翁曾在演讲及随笔集《创造的和谐》（Creative Unity，1922）当中写道："人不是偶然游荡在世界宫殿门前的区区看客，而是应邀赴宴的嘉宾，只有在人到场列席之后，宫殿里的盛宴才能获得它唯一的意义。"泰翁对人性寄予甚高的期许，因为他相信人是造物主的巅峰杰作。无论这是否事实，生而为人的我们，确实应当对自己有更高的期许，即便我们并不是尘世冠冕上的明珠，还是不妨对自己多加琢磨，使自己的生命，放射尽可能璀璨的光华。

这是人存在的意义，也是人存在的责任。

是为序。

二〇〇九年九月十一日初稿
二〇一八年五月七日增订

目　录

游鸟集

*

据麦克米伦出版公司一九一六年版
译出

本集首次出版于 1916 年，标题的英文是"Stray Birds"，取自本集收录的第一首诗。在泰翁生前出版的九部英文诗集当中，"stray"一词一共出现了十八次，意思都是"游荡""游离""流浪"或"漂泊"。译者以为"流鸟""浪鸟""漂鸟"等说法似嫌不文，因此比照中文习用词"游子"的意蕴，将本集书名译为"游鸟集"。

——译者注，以下同

夏日游鸟，来我窗边，歌吟一曲，飞去不见。
秋天黄叶，无歌可献，叹息一声，飘落窗畔。

题献

献给横滨的原富太郎先生

原富太郎（1868—1939），号三溪，日本富商及收藏家，所造"三溪园"为日本名园。1916年6月至8月，访问日本的泰戈尔得到了原富太郎的盛情款待。

一

夏日游鸟，来我窗边，歌吟一曲，飞去不见。
秋天黄叶，无歌可献，叹息一声，飘落窗畔。

二

流离漂泊的小小艺人啊，
你们的剧团踏遍红尘，
将你们的足迹，
印进我的文字吧。

三

在自己的爱人眼前，世界卸去广袤无垠的假面。
世界不再广袤，小如一曲歌吟，一个永恒之吻。

四

大地的泪水，使大地的微笑花朵，常开不落。

五

不可一世的沙漠，
渴求一片草叶的爱怜；
草叶却摇头大笑，
飞去不见。

六

为错过太阳落泪的人，亦将错过群星。

七

翩跹的流水啊，路上的沙粒在求恳，
想拥有你的灵动，你的歌声。
你可愿背起跛足的沙粒，携它们一道前行？

八

她哀怨的面影，
萦绕在我梦里，
像绵绵的夜雨。

九

我们一度梦见，你我素昧生平；
醒来方才发现，彼此相爱相亲。

一〇

哀伤在我心里化为安宁，如暮色沉入静默的树林。

一一

一根根看不见的手指，
好似懒洋洋的微风，
拨动我的心弦，
奏出涟漪的乐声。

一二

"大海啊，你用的是什么语言？"
"用的是永恒的疑惑。"
"天空啊，你用什么语言作答？"
"用的是永恒的缄默。"

一三

倾听吧，我的心，倾听这世界说给你的，悄声情话。

一四

造物的奥秘，如黑夜一般深沉广大。
知识的幻象，如朝雾一般浅薄虚假。

一五

勿为高攀，置爱危岩。

一六

今晨我坐在窗边，世界如匆匆过客，为我驻足须臾，向我点头致意，就此离去。

一七

这些琐细的思绪，都是沙沙的叶声，在我心里，愉快地窃窃私语。

一八

你看不见自己的本体，只能看见自己的影子。

一九

主上啊，我那些愿望何其愚蠢；
它们的嚣叫，扰乱了你的歌声。
但愿我懂得，静静聆听。

二〇

我无法选择最好的。
是最好的在选择我。

二一

把灯背在背上的人们，前方是自己投下的暗影。

二二

我的存在，于我是一个永远的惊奇——这，便是生命的真义。

二三

"我们这些窸窣的叶子，个个都懂得与风暴唱和；
你是谁，为什么如此沉默？"
"我只是花儿一朵。"

二四

劳作不离休憩，正如眼睛不离眼皮。

二五

人之天禀，赤子之性；人之力量，生长之能。

14

二六

我们的太阳和大地，
　无不是神的恩赐，
　但神期待我们酬答，
只为祂馈赠我们的花。

二七

嬉游绿叶之间的光，
赤裸孩童一般的光，
　　无忧无虑，
浑不知人类懂得撒谎。

二八

美啊，别迷恋镜子的恭维，去爱里寻找自我吧。

二九

我的心翻起波澜，
激荡尘世的海岸，
在岸上留下泪水写就的题记：
"我爱你。"

三〇

"月亮啊，你在等什么？"
"等着向该当取代我的太阳致敬。"

三一

丛树渐高，伸到我的窗前，好似喑哑的大地，
发出的渴望呐喊。

三二

神创造的每一个清晨，

在祂自己的眼里，
同样是一份全新的惊奇。

三三

以世俗为依归，生命可得应得财富；以爱为依
归，生命可有应有价值。

三四

没有人感谢，干涸河床的往日恩泽。

三五

鸟愿作云，云愿作鸟。

三六

瀑水唱道："我找到自由，便找到歌喉。"

三七

这颗心在沉默中渐渐衰弱，我不知所为者何。

它为的是那些，它从未讨要、从未察觉、从未记起的小小需索。

三八

女人啊，你在家中忙里忙外之时，手脚真好比潺潺的山溪，在砾石间唱起歌曲。

三九

行将越过西海的太阳，
向东方致送道别的霞光。

四〇

自家胃口不开，切勿迁怒饭菜。

四一

树木如同大地的渴望，踮着脚窥视穹苍。

四二

你微笑着和我说话，
说不着边际的傻话；
我觉得这个时分，
正是我久候的良辰。

四三

海里的鱼儿沉静无声，地上的走兽喧嚣阵阵，空中的飞鸟歌吟不停；

人类与众不同，身上有海洋的沉静，有大地的喧嚣，也有天空的歌吟。

四四

世界匆匆前行，拂过流连原地的心弦，奏出哀
伤的乐音。

四五

他将手中刀剑，
奉为他的神祇；
刀剑得胜之日，
是他落败之时。

四六

神在创造中找到自我。

四七

蒙着面幂的影，偷偷跟在光的身后，毕恭毕
敬，无声的脚步爱意盈盈。

四八

星星可不会介意,
显得与萤火相似。

四九

多谢神的美意,我没有沦为冥顽的权势车轮,
而是与车轮碾压的鲜活生灵,同气连枝。

五〇

敏锐却狭隘的头脑,
周密得天衣无缝,
只可惜故步自封。

五一

你的偶像粉碎在尘沙里,足证神的尘沙,比你
的偶像伟大。

五二

人生不是彰显本色的过程，是一番超越自我的奋争。

五三

　　玻璃灯正在训斥瓦灯，说瓦灯不该跟自己称兄道弟，却看见月亮升了起来，便带着柔媚的微笑招呼月亮："我亲爱的，亲爱的姊妹。"

五四

　　我们邂逅，彼此靠近，如海鸥偶遇海涛。
　　海鸥飞走，海涛远去，我们也分道扬镳。

五五

　　　　我的白昼已到尽头，
　　　我像一叶系缆沙滩的小舟，
　　　　静静地聆听，

晚潮跳舞的乐声。

五六

生命是天赐的礼品，我们唯有献出生命，才配得上这份馈赠。

五七

若能具备堪称伟大的谦德，我们便最接近伟大的境界。

五八

见孔雀背负尾巴的重担，麻雀觉得孔雀可悯可怜。

五九

须臾遭际不足为虑——这便是永恒之声的唱词。

六〇

飓风在乌有之路搜寻捷径，搜寻在乌有之乡
戛然消停。

六一

就我的杯子饮我的酒吧，朋友。
一旦把它倒进他人的杯子，
它花环般的酒沫就会消失。

六二

完满扮出美丽的形态，是为着对不完满的爱。

六三

神对人说："我疗治你，所以伤害你；我爱你，
所以惩戒你。"

六四

你须当感激
灯火带来的光明，
却不可忘记
站在暗处的掌灯之人
持之以恒的耐性。

六五

小草啊，你虽然脚步细碎，却拥有你踏过的
每寸土地。

六六

襁褓中的花儿打开蓓蕾，高声呼喊："亲爱的
世界啊，请不要萎谢凋残。"

六七

神早已厌倦赫赫列国，却从不厌倦小小花朵。

六八

不义一败即溃，
公义百折不回。

六九

　　瀑布唱道："我欣然献出，我全部的水，虽然
说口渴之人，只需一杯。"

七○

　　借着喷涌不断的狂喜，将这些花儿抛上地面的
泉水，到底在何处奔流？

七一

樵夫的斧头，向树木乞取斧柄。
树木慨然相赠。

七二

黄昏像寡居的女子，
蒙着雾和雨的面幂；
我在我孤寂的心底，
依稀听见它的叹息。

七三

贞操是丰厚财富，由丰盈爱意积成。

七四

雾气如同爱意，把山丘的心当作乐器，奏出美
丽的惊奇。

七五

我们把世界错看，反说它存心欺骗。

七六

风是流浪的诗人，
在海上林间找寻，
他自己的声音。

七七

每一个新生的孩子，
都捎来神的口讯：
神还没有丧失
对人的信心。

七八

小草在地上寻求友伴，

大树在天空寻求孤单。

七九

人无进阶，障由自设。

八〇

朋友啊，你的声音，
徜徉在我的心房，
宛如海水的低吟，
在静听的松林里摇漾。

八一

是什么火焰隐身黑暗，
将火花散作繁星点点？

八二

生当灿若夏花，死亦美如秋叶。

八三

持善心去，叩门待启；持爱心往，门扉自敞。❶

八四

死亡合多为一，

生命化一为多。

神死之时，

众教归一。❷

❶可参看《流萤集》第七十首："行善者及庙门而止／博爱者却登堂入室。"

❷可参看《流萤集》第六十五首："同一是死亡的精髓／歧异是生命的要义／神死之时／众教归一。"

八五

艺术家是自然的爱侣，所以与自然亦奴亦主。

八六

"果实啊，你离我有多远？"
"花儿啊，我藏在你心间。"

八七

我心中这份渴盼，
只为那缥缈的伊人——
暗夜我觉知她的陪伴，
昼日却不见她的形影。

八八

露水对湖水说："你是莲叶下的大露珠，我是莲叶上的小露珠。"

八九

剑鞘安于钝镥，为保剑刃之利。

九○

一，在黑暗中显现为单一，在光明中显现为杂多。❶

九一

大地借助小草，
践履好客之道。

❶泰翁的孟加拉文及英文双语诗集《随感集》（*Lekhan*，1926）
收录了一首与此大致相同的诗，可参看：“黑暗把‘一’压成
单一／光明揭示‘一’的杂多。”（Darkness smothers the one into
uniformity／Light reveals the one in its multifariousness.）

九二

草叶的生死轮回，
是急速旋转的漩涡内层；
漩涡的外层缓缓转动，
在群星之间运行。

九三

强权对世界说："你属于我。"
世界便把自己的王座，变成囚禁强权的监房。
爱对世界说："我属于你。"
世界便敞开自己的殿堂，让爱自由来往。

九四

雾气像大地的蒸腾欲望，
遮蔽了大地渴求的日光。

九五

别出声，我的心，这些大树在做祷告呢。

九六

转瞬即逝的噪声，
奚落永恒的乐音。

九七

过往的万千世纪，
漂过生存、爱恋与死灭的长河，
最终归于湮没；
我想到这一切，
便体悟消亡的解脱。

九八

我灵魂中的悲哀，

是她婚礼的面纱。
她静待黑夜到来，
好把这面纱卸下。

九九

死亡的戳记，
给生命的镍币印上面值，
使我们可用生命，
购买真正宝贵的物品。

一〇〇

云朵谦逊恬淡，
站在天空边缘；
晨曦却给云朵，
戴上煊赫冠冕。

一〇一

尘土甘受辱骂，报以朵朵鲜花。

一〇二

欲得花朵为伴，
不必驻足撷取；
前路花开不断，
与你相随终始。

一〇三

根为入地桠枝，
枝乃参天根柢。

一〇四

远去夏日的曲调，
绕着秋天上下翻飞，

寻觅旧时的窝巢。

一〇五

别把你自己兜里的成就，借给你的朋友，这是
对朋友的侮辱。

一〇六

年月不详的感触，
盘踞在我的心田，
像苔痕斑斑点点，
覆满那苍老树干。

一〇七

回音将原声扭曲变形，
想证明自己才是原声。

一〇八

当财主夸说神恩眷顾，神觉得蒙羞受辱。

一〇九

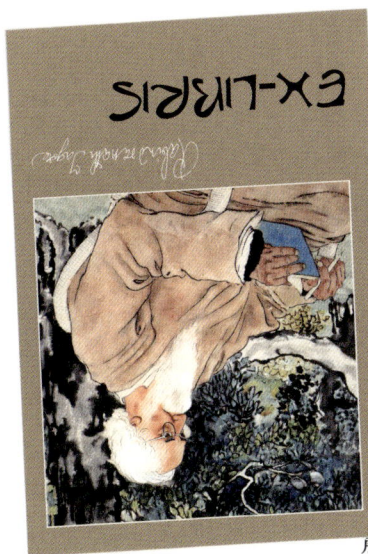

我自己的暗影，

我前行的路上，

为我自己的灯

尚未点亮。

一一〇

进喧闹人群，

淹没自己内心

震耳的寂静。

终止于枯竭，结局乃是死灭；消隐于无穷，方

得完满终结。❶

一一二

太阳身着素朴光衣，云霞披挂绚烂纨绮。

一一三

山峦起伏，
好比伸手摘星的孩子
发出的阵阵欢呼。

一一四

车水马龙的道路，
依然孤寂难耐，
因为它没有
得到爱。

一一五

权势以恶行自矜，
引得飘零黄叶与过路行云，
哂笑不停。

一一六

今天，阳光普照的大地，
像一位且纺且歌的女子，
用一种久已湮没的语言，
为我哼起了古老的谣曲。

一一七

纤小草叶，配得上它生长的广大世界。

---

❶可参看《流萤集》第二百零三首："真正的完满 / 并不是到达极
限 / 而在于成就无限。"

一一八

梦境是喋喋不休的妻子；
睡眠是默默忍受的丈夫。

一一九

黑夜亲吻凋残的白昼，
在白昼的耳边低语：
"我是死神，是你的母亲。
"我会给你，全新的生命。"

一二〇

黑夜啊，我觉得你的美丽，
恰似我钟情的女子
灭灯以后的风姿。

一二一

我在我欣欣向荣的世界里，
背负业已衰亡的万千往世。

一二二

亲爱的友人啊，
无数个暮色渐浓的黄昏，
你曾在这片海滩凝神思索；
每当我倾听这里的涛声，
便感受你伟大思想的静默。

一二三

鸟儿觉得，带鱼儿去天上转转，可算是积德行善。

一二四

夜晚对太阳说：

"我已经收到，你放在月亮里的情书；
"我在草叶上，留下了泪水写的答复。"

一二五

伟人常葆赤子之性，
直至他离开人间。
他留给世界的遗赠，
便是他伟大的童年。

一二六

不是轰击的铁锤，
是载歌载舞的流水，
使卵石臻于完美。

一二七

蜂儿吮吸花蜜，离开时送上嗡嗡谢意。
浓妆艳抹的蝶儿，却认定花儿欠了自己。

一二八

不求所言尽理，自可快人快语。

一二九

可能问不可能："你的家在哪里？"
不可能答道："在无能者的梦里。"

一三〇

将谬误通通关在门外，也会使真理无法进来。

一三一

我心里的一些事物，
　　在愁怀背后藏身；
我听见它们的窸窣，
　　却不见它们的形影。

一三二

有为的闲暇也是劳作，
平静的大海也有涛波。

一三三

叶因热爱作花，
花凭信仰结果。

一三四

深埋地下的树根，
造就枝头的果实，
却不曾索取奖励。

一三五

这一个雨溶溶的黄昏，风儿躁动不宁。
我看着摇摆的枝桠，冥想万物的伟大。

一三六

午夜的风暴，像一个巨大的婴孩，天不亮就醒
来，开始玩耍哭闹。

一三七

大海啊，风暴的冷落新娘，
你掀起滔天波浪，
徒然追赶你的新郎。

一三八

言辞对行动说："我自愧空洞虚假。"
行动对言辞说："你让我自惭贫乏。"

一三九

时间是变易积成的财富，钟上的时间却只是拙
劣的模拟，徒有变易，不生财富。

一四〇

事实之衣令真理苦于约束，
想象之袍才让她行动自如。

一四一

当我东奔西走，道路啊，
　　我对你心生厌憎；
　　你领我走遍四方之后，
　　我却与你相爱成婚。

一四二

　　且容我暗自悬想，
　　夜空里点点繁星，
　　有一颗是我的罗盘，
　　会引领我的生命，
　　穿越未知的黑暗。

一四三

女人啊，你手指的灵巧拂拭，使我的什物各得其宜，有了音乐般的秩序。

一四四

一个哀伤的声音，筑巢在光阴的废墟。
夜里它对我低唱："我爱过你。"

一四五

明火以腾腾光焰，警告我远离祸患。
但愿我能够避免，灰下余火的暗算。

一四六

天空里有我繁星点点，
只可惜，唉，我屋里的小灯尚未点燃。

一四七

死去字句的尘灰，牢牢地黏着你。
用缄默冲洗你的灵魂吧。

一四八

生命中留有空隙，死亡的哀曲便乘虚而入。

一四九

世界已在清晨，敞开它光明的心。
我的心啊，带上你的爱，出来迎接它吧。

一五〇

我的思绪，随明灭的树叶闪亮，
我的心灵，随阳光的轻抚歌唱；
我的生命乐意陶然，
与万物一同浮泛，

融入空间的蔚蓝，
融入时间的黑暗。

一五一

神的伟力，不在狂飙暴雨之中，在温柔的和
风里。

一五二

万事皆无端绪，令我负重难堪；如此情状，只
是梦中虚幻。

醒时我将发现，万事同归于你；醒时我将觉
得，自由无限。

一五三

落日问道："谁来接替我履行责任？"
瓦灯回答："主上啊，我将尽我所能。"

一五四

采撷花瓣，得不到花的娇艳。

一五五

沉默像鸟儿安歇的窝巢，
会让你的声音飞得更高。

一五六

大不怕与小同行，
中却怕有失身份。

一五七

黑夜润物无声，催开花朵缤纷，任由无功的白
昼，领受人们的谢忱。

一五八

在强权的眼里，受害者的痛苦挣扎，是因为不知感激。

一五九

当我们欣幸于自身的丰足，便能够欣然割舍自己的果实。

一六〇

雨滴亲吻大地，轻声说道："母亲啊，我们是你思乡的儿女，从天上回来看你啦。"

一六一

蛛网摆出承露的阵仗，干的却是捕蝇的勾当。

一六二

爱啊！你来到我的身边，
手捧火光熊熊的痛苦之灯，
于是我看清你的容颜，
认出你就是无上的乐境。

一六三

秋萤告诉群星：
"学者说，你们的光辉有时而尽。"
群星默然不应。

一六四

深沉的暮色里，
未知的拂晓化作小鸟，
飞进我用沉默，
为它垒筑的窝巢。

一六五

百千思绪掠过心间，
像天空里野鹜群群。
我听见百千翅翼
簌簌作声。

一六六

江河奔流无他意，
但为沟渠水常满——
沟渠愿作如是观。

一六七

世界用它的苦难，
亲吻我的灵魂，
要求我报以歌声。

一六八

我为何备感压抑，
是因为我隐遁的灵魂急于入世，
还是因为世界的灵魂上门造访，
叩响了我的心扉?

一六九

思想以自己的说辞为食粮，把自己养得越来越壮。

一七〇

我将我心灵的杯盏，
浸入这静默的时辰，
盛来了满满的爱。

一七一

临事当力行，无事且安坐。

刻意生事，必属妄作。

一七二

太阳花羞于承认，自己跟无名小花沾亲。

太阳升起来，微笑着招呼它："我亲爱的，你好吗？"

一七三

"是谁驱我向前，好似命运一般？"

"是我自己，在我背上振策扬鞭。"

一七四

云朵藏身于远远山峦，悄悄注满河川的杯盏。

一七五

我把汲来的水，沿路泼洒。

水罐行将见底，我才到家。

一七六

盘中之水，剔透晶莹；海中之水，暗昧不清。
琐细知见，言下可明；大道至理，浩荡无声。

一七七

你的微笑，是你自家园圃的花朵，
你的言谈，是你自家山林的松声；
你的心地却无人不识，
是至善至美的女子天性。

一七八

我留给爱人的，只是小小馈赠。
盛大的馈赠，要留给所有的人。

一七九

女人啊，你用泪盈盈的深情，裹住世界的心，
正如渊深的海水，将大地团团包围。

一八〇

阳光不言不语，以微笑向我致意。
雨丝，阳光的忧郁姊妹，向我的心诉说衷曲。

一八一

我白昼的花朵，落尽它不再念记的花瓣。
黄昏来时，它结成金灿灿的记忆之果。

一八二

我就像夜间的道路，
在静寂中倾听
记忆的足音。

一八三

我觉得黄昏的天空，
是一个窗口，
窗口点着一盏灯，
灯下有一份守候。

一八四

做好事的日程太满，便没有做好人的时间。

一八五

我是秋天的云，
倾空了满怀的雨水，
却在秋收的稻田里，
看见自身的充实。

一八六

他们仇恨，他们杀戮，博得世人称许。
神却羞惭无地，赶忙用茵茵绿草，盖住这份记忆。❶

一八七

脚趾，是忘本的手指。

一八八

夜晚的黑暗走向曙光，心智的黑暗走向死亡。

一八九

得宠的狗儿怀疑，宇宙在谋夺它的位置。

❶据泰翁的友人、英国牧师安德鲁斯（Charles Andrews，1871—1940）回忆，这首诗是泰翁在参观日本箱根古战场遗迹时的即兴创作。另据一些印度学者推测，《游鸟集》中的很多诗歌都是泰翁访日期间的作品。

一九〇

我的心啊，请你安然坐定，别扬起你的灰尘。
让世界自己找寻，通往你的路径。

一九一

箭将离弦，弓对箭窃窃私语：
"你的自由，便是我的自由。"

一九二

女人啊，你把生命之泉的乐音，融进了你的笑声。

一九三

全是逻辑的头脑，像全是锋刃的刀，
必将使握刀的手，皮破血流。

一九四

神钟爱凡人的灯火，

胜于祂自己的璀璨星河。❶

一九五

诸般狂野风暴，驯服于美之音乐，构成这个世界。

一九六

晚霞对太阳说："我的心，是存放你亲吻的金盒。"

一九七

即之不离，或为戕害；离之不即，或得长有。

❶可参看《流萤集》第一百五十七首："在繁星璀璨的神庙里 / 神
等着凡人献上油灯。"

一九八

唧唧蚕鸣，沥沥雨声，
穿过黑暗传入耳鼓，
好似年少时的梦境
重来的窸窣脚步。

一九九

晨空失去了满天星辰，
花儿却向晨空哀诉：
"我失去了我的露珠。"

二〇〇

燃烧的木柴腾起烈焰，高声叫嚷：
"此刻我鲜花怒放，此刻我拥抱死亡。"

二〇一

胡蜂奚落蜜蜂，说这位邻居蜜巢太小。
蜜蜂央请胡蜂，筑一个更小的来瞧瞧。❶

二〇二

河岸对河水说道："我留不住你的波涛，
"且容我把你的足迹，留在我心坎里。"

二〇三

白昼用小小地球的喧声，
淹没万千宇宙的寂静。

❶胡蜂不酿蜜。大多数品种的胡蜂是独栖的，有一些品种在地里挖洞，有一些筑很小的泥巢，还有一些不筑巢。群栖性胡蜂用植物纤维筑巢，蜜蜂筑巢用的是蜂蜡。

二〇四

歌曲在天空悠扬无尽，图画在大地绵延无极，诗篇则充塞天空大地——

因为诗句，有周流大地的含意，有翱翔天空的韵律。

二〇五

太阳在西方落下之时，他晨间升起的东方，已在他面前默默伫立。

二〇六

但愿我不会
错误地介绍自己，
致使我的世界
因误会与我为敌。

二〇七

赞美令我羞愧，因我窃望赞美。

二〇八

让我闲时的闲静，
化作深沉的谧宁，
如同大海之滨，
水波不兴的黄昏。

二〇九

姑娘啊，你的纯朴，
好似湖水的浑然碧色，
透露你挚诚的深度。

二一〇

最好的事物，由其余一切衬托而来，绝不能

单独存在。

二一一

神的右手慈爱无限，左手却令人胆寒。❶

二一二

我的暮色，降落在陌生树木之间，
说的是我的晨星，听不懂的语言。

二一三

夜晚的黑暗好似囊橐，
拂晓的黄金将它撑破。

二一四

我们的七情六欲，
给生命的缥缈雾气

添上虹彩的绮丽。

二一五

神期待凡人以花相赠，
　　由此从凡人手里，
　　赢回祂自己的花。

二一六

我的烦忧作弄我，
　　缠着我苦苦打听，
　　它们自己的姓名。

❶这首诗主要是阐述神的双重性质，但"右手"和"左手"的比喻也不是随机选择，因为印度人认为左手不洁，吃东西送礼物都只能用右手。

二一七

果实的奉献珍贵稀罕，
花朵的奉献甜美芬芳，
但我只愿如树叶一般，
以谦抑虔心奉献荫凉。

二一八

借着懒散的轻风，
我的心扬帆起锚，
驶向那晦暗朦胧，
随处出没的小岛。

二一九

恶人虽多，人性本善。❶

二二〇

把我用作你的杯盏吧，
让我的满盈服务于你，
服务于你名下的一切。

二二一

风暴像钟情大地的天神，求爱不成的痛苦喊声。

二二二

世界无漏泄之虞，因死亡并非裂隙。

❶这句诗的原文是："Men are cruel, but Man is kind." 美国诗人洛厄尔（James Russell Lowell, 1819—1891）写有诗歌《维拉弗兰卡》（*Villa Franca*, 1859），其中一句的结构与泰戈尔这句诗完全相同："Men are weak, but Man is strong." 根据上下文，洛厄尔这句诗的意思是："弱者虽多，人性本强。"

二二三

失落的爱，令生命更加多彩。

二二四

朋友啊，你伟大的心灵，
与东升旭日交相辉映，
宛如破晓时的孤山，
那白雪皑皑的峰巅。

二二五

死亡的涌泉，令生命的止水翻跳。

二二六

我唯一的神啊，那些除你之外一切皆有的人，
竟然在嘲笑，除你之外一无所有的人。

二二七

生命乐章的休止符，载在它自己的乐谱。

二二八

脚踹土地，踹得起尘沙，踹不出庄稼。

二二九

我们的名字，
不过是微光一缕，
在夜晚的海波上一闪而逝，
来不及留下题记。

二三〇

看得见玫瑰的人，千万要看得见刺。

二三一

给鸟儿的翅膀镶上金子，
鸟儿便再不能翱翔天际。

二三二

家乡的莲花，
开在这陌生的水域——
一样的芳华，
不一样的名字。

二三三

人心之异，咫尺千里。

二三四

月亮将光辉洒遍天宇，把黑斑留给自己。

二三五

不要说,"现在是早晨",

用这个陈旧的名字,打发这段光阴。

不妨来一次全新的尝试,

把早晨看作,尚未取名的初生孩子。

二三六

青烟向天空夸耀,

灰烬向大地吹嘘,

都说自己,

是火焰的兄弟。

二三七

雨点对素馨❶低语:"把我永远留在你心里吧。"

---

❶ "素馨"原文为"jasmine",泛指木犀科素馨属(*Jasminum*)各种植物的花朵,比如茉莉。

"唉。"素馨一声叹息，凋零在地。

二三八

羞怯的思绪啊，别怕我。
我是个诗人。

二三九

我心间的昏暝静寂，
仿佛盈满蟋蟀的低唱——
声响的灰暗暮光。

二四〇

冲天的爆竹啊，
你对群星的冒犯，
会追着你落回地面。

二四一

你领我穿越白昼的纷纭，
走进黄昏的孤寂。
如今我等待夜晚的宁静，
来诠释旅程的意义。

二四二

此生如横越大洋，
你我共小舟一叶。
死亡时我们到岸，
分赴各自的世界。

二四三

真理的川流，总是以谬误为河道。

二四四

今天，我的心归思绵绵，
思念那唯一的甜美时辰，
渡过时间之海的时辰。

二四五

鸟儿的歌声，
是照临大地的晨光，
反射到天空的回响。

二四六

晨光问牛油杯："你不肯吻我，是因为骄傲么?" ❶

二四七

小花问道："太阳啊，我该用什么来为你歌唱、
向你顶礼?"

太阳回答:"用你纯洁素朴的静默吧。"

二四八

人若沦为禽兽,必然禽兽不如。

二四九

乌云得阳光亲吻,便成为苍穹之花。

---

❶诗意不详。诗中的"牛油杯"原文为"buttercup",通常指毛茛科毛茛属(*Ranunculus*)植物,这个属有大约六百个种,未知是否包含夜间开花或花朵倒垂的种类,但毛茛属植物都有毒,牲畜误食的中毒反应包括流涎及口腔起水泡,为诗意提供了一种可能的解释。这里的"buttercup"也可能指"buttercup tree"(牛油杯树,*Cochlospermum religiosum*),为原产印度的小乔木,杯状的花朵大多向侧面开放。牛油杯树的花是印度常用的敬神供品。印度还有一种名为"Krishna's buttercup"(克利须那的牛油杯,*Ficus benghalensis* var. *krishnae*)的圣树,叶子呈杯状,相传曾是印度教大神克利须那装牛油的工具。

二五〇

剑刃不可揶揄
剑柄的钝鋆。

二五一

黑夜的静默，
好似深深灯盏；
燃烧的灯火，
便是银河璀璨。

二五二

死亡的歌声，
如大海一般浩瀚无垠，
环绕着生命的阳光岛屿，
澎湃汹涌，日夜不停。

二五三

这山峦群峰如瓣，岂不像花儿绽放，正畅饮晴日
阳光？

二五四

诠释若有歪曲，重心若有挪移，真实便与虚假无异。

二五五

我的心啊，从迁流世事中寻找你的美吧，要像
那逐浪的船儿，学会风和水的优雅。

二五六

眼睛不以视力为傲，反倒以眼镜为豪。

二五七

我活在我微小的世界里，生怕使它遭到，一丝一毫的损耗。

把我升举到你的世界吧，让我拥有，欣然舍弃所有一切的自由。

二五八

增长的权势，并不能使虚假长成真实。

二五九

我的心，将歌声化作浪花千叠，渴望着温柔地拍抚，这阳光和煦的青葱世界。

二六〇

路边的青草啊，
去爱天上的星星吧；

好让你的梦想，
绽成朵朵鲜花。

二六一

让你的音乐
化作利刃，
将市廛的喧嚣
一剑穿心。

二六二

这棵树的颤颤绿叶，像婴孩的手指一般，轻轻
触动我的心弦。

二六三

我灵魂中这份悲哀，
是她婚礼的面纱。
她静待夜晚到来，

好把这面纱摘下。❶

二六四

小花追随蝴蝶的脚步，到头来委身尘土。

二六五

我盘桓在道路的世界，夜已来临。
归宿的世界啊，请打开你的大门。

二六六

你昼日的百曲千歌，我已经一一唱过。
黄昏来临，容我提起你的灯，穿越雨横风狂的小径。

二六七

我不会邀请你，
走进我的屋子。

爱人啊，走进我无边的孤寂吧。

二六八

死亡诞生，皆为生命组分。
举趾落足，同属行走过程。

二六九

我已经懂得，你借花朵与阳光，轻声说出的
浅白话语。
如今请教我解读，你借痛苦与死亡，道出的
晦涩言辞。

二七〇

当晨光送上亲吻，夜的花朵已迟暮。

---

❶这首诗的原文与第九十八首只有一个词的差异（第九十八首的
第一个词是"The"，这一首是"This"），诗意与第九十八首略有不同。

她颤抖着叹息一声，坠入尘土。

二七一

透过尘世万种悲凉，
我听见永恒母亲
安抚的哼唱。

二七二

我的大地啊，
踏上你海岸之时，我和你素昧平生；
住在你屋里之时，我只是你的客人；
迈出你门槛之时，我与你朋友相称。

二七三

当我离去之时，
愿我的思绪飞到你身畔，
好比落日余晖，

依傍在静寂星空的边缘。

二七四

请把安歇时辰的昏星，
点亮在我的心里，
再让夜晚柔声细语，
向我诉说爱的奥秘。

二七五

我是个身处黑暗的孩子。

母亲啊，我从黑夜的被单底下，向你伸出了我的双手。

二七六

劳碌的昼日已到尽头。
用双臂掩住我的脸吧，母亲。
让我去往梦境。

二七七

相聚时灯火长燃，熄灭在别离瞬间。

二七八

世界啊，当我死去之时，
请你用你的静默，
为我收存这一句：
"我爱过。"

二七九

热爱此世之时，方为活在此世。

二八〇

逝者当有不朽之名，生者当有不朽之爱。

二八一

我曾经看见你，像黎明时的半醒孩童，借微光看见母亲，看见便欣然微笑，再一次酣然睡去。

二八二

我须得一死再死，以体悟生生不息。

二八三

我曾随人群穿行街道，
偶然瞥见你凭栏微笑，
于是我唱起歌来，
忘记了所有喧嚣。

二八四

爱是完满的生命，如同斟满的酒杯。

二八五

他们在他们的庙宇，点亮他们自己的灯盏，唱诵他们自己的祷词。

鸟儿却在你的晨光里，唱诵你的名字，因为喜悦，便是你的名字。

二八六

领我走到你静寂之域的中央，用歌声注满我的心吧。

二八七

他们乐意活在，他们那焰火哗哗的世界，愿他们所望得偿。

你的繁星，我唯一的神啊，才是我心底的渴望。

二八八

爱的痛苦，

围着我的生命吟唱，
像深不可测的海洋；
爱的喜悦，
在我生命的花林穿梭，
像鸟儿一样欢歌。

二八九

若这是你的意愿，你只管熄灭灯盏。
我会懂得你的黑暗，爱上你的黑暗。

二九〇

当我在白昼终了之时，到你面前肃立，
你会看见我的疮痂，知道我虽罹伤创，终能自愈。

二九一

终有一日，我会沐着异世的晨曦，对你唱道：
"我见过你，在地球的辉光中，在人的爱里。"

二九二

从往昔的日子，
飘进我生命的云，
不再是雨水的前兆，
不再是风暴的先声，
只是来把我的暮天，
装点得七彩缤纷。

二九三

真理激起反对的风暴，
风暴散播真理的种子。

二九四

昨夜的狂风暴雨，给今晨戴上和平的金冠。

二九五

真理仿佛携来，它最终的结语；
这最终的结语，却生发后继的言辞。

二九六

名不过实，堪称福气。

二九七

当我忘却自己的名字，
心里便盈满你名字的甜蜜——
正如雾气散尽之时，
我心里洒满你的朝曦。

二九八

寂静夜晚美如母性，喧哗白昼美如童真。

二九九

人微笑时令世界生爱，大笑时令世界生畏。

三〇〇

神期待人，从智慧中找回童真。

三〇一

但愿我真切体认，这世界是你逐渐显形的爱，再用我的爱，帮助它显露真形。

三〇二

你的阳光莞尔而笑，
洒满我心里的冬日，
从不曾怀疑我的心，
终有春花烂漫之时。

三〇三

神以爱亲吻有限之物，人以爱亲吻无限之境。

三〇四

你穿越空虚岁月的荒原，才抵达充实圆满的瞬间。

三〇五

神的静默，使人的思想成熟为言语。

三〇六

永恒的旅人啊，你会看见我的歌曲，印满了你的足迹。

三〇七

父亲啊，你的荣耀，由你的子女显现。

但愿我不会丢你的脸。

三〇八

这日子阴沉晦暗。

天光像受罚的孩童，匍匐在蹙额乌云下面，苍白的双颊泪迹斑斑。

风声凄惨，仿佛是受创的世界，迸发的痛苦嘶喊。

但我知道，在这段旅途的终点，我会与朋友相见。

三〇九

满月啊，今夜的棕榈树叶簌簌动摇，海潮翻涌，好似世界的怦怦心跳。

满月啊，你用你的沉默，缄藏的苦苦相思，来自哪一片未知的天宇？

三一〇

我梦见一颗星，
一座光的岛屿——
我会在那里降生；
那里有启人灵智的悠悠暇日，
使我生命的作品臻于完满，
像秋阳下的稻田。

三一一

雨润泥土散发的气息，
好似喑哑卑微的芸芸生命
齐声唱出的宏伟赞词。

三一二

爱并非所向披靡，这句话虽是事实，却不可
奉为真理。

三一三

我们终将了悟，
死亡永不能夺去，
我们灵魂的进益，
因为灵魂的进益，
与灵魂融为一体。

三一四

在我的昏暝暮色里，
神携着花篮来我身边；
篮里存着我往日的花朵，
像往日一样新鲜。

三一五

我的乐师啊，
当我生命的琴弦皆得调谐，
你的每一次抚弄，

都会奏出爱的音乐。

三一六

我的主啊，让我活得真实，以体悟死的真实。

三一七

人类的历史，
耐心地等待着
受辱者的胜利。

三一八

我觉得此时此刻，
你凝注的目光落在我心头，
像晴日清晨的明媚静默，
落在收割后的寥落田畴。

三一九

我渴望渡过这汹涌的嚣叫之海，去歌吟之岛安居。

三二〇

夜的序曲，
开篇是夕阳的乐段，
是夕阳向不可言说的黑暗
献上的庄严礼赞。

三二一

我攀上山顶，却发现声名的高地荒寒彻骨，没有我遮风蔽雨之处。

趁着天色尚明，我的向导啊，请领我走进静谧的山谷，好让我生命的麦粒，成熟为金色的智珠。

三二二

昏暝暮色之中，一切虚幻不真，高塔的基座没入黑暗，树梢也好似墨晕。

我会暂且安歇，等待早晨的来临，那时再醒来瞻仰，你阳光普照的大城。

三二三

我曾吃苦受罪，

我曾万念俱灰，

我尝过死亡滋味；

我欣幸，

能在这伟大世界居停。

三二四

我的生命里，有一些荒凉阒寂之地。

这些空旷的所在，给了我忙碌的日子，阳光和空气。

三二五

不完满的往昔，
从背后把我箍紧，
使得我艰于就死；
叫它放开我吧。

三二六

就让这一句，
成为我最后的表白：
"我相信你的爱。"

园丁集

*

据麦克米伦出版公司一九一三年版
译出

纵使我们试过拦你的路，用的也只是我们的歌声。
纵使我们试过把你留住，用的也只是我们的眼睛。
旅人啊，我们没有挽留你的法子。我们只有泪水。

题献

献给威·巴·叶芝

《园丁集》首次出版于1913年；威廉·巴特勒·叶芝（William Butler Yeats，1865—1939）为爱尔兰著名诗人，泰戈尔的好友。

序

　　本书收录的这些关于爱与生命的诗歌，系由孟加拉文原诗转译而来。原诗写作年代大多远远早于《献歌集》一书所收的宗教组诗。译本并不都是严格的对译，有些是原诗的缩略版，有些是对原诗意蕴的重新阐发。

拉宾德拉纳特·泰戈尔

一

仆人

怜悯您的仆人吧，我的女王！

女王

集会已散，婢仆都已退下。这么晚的时辰，你来做甚？

仆人

要等您打发完其他的人，才是我的时辰。

我是来打听，您还有什么工作，留给您最后的仆人。

女王

时辰既已太晚，哪还有什么工作？

仆人

让我做您的园丁，照管您的花园吧。

女王

你这是胡说什么？

仆人

我会抛下我其他的差事，把我的刀枪剑戟扔进尘土。别差遣我远国出使，别吩咐我展拓版图。让我做您的园丁，照管您的花园吧。

女王

你会做什么差使？

仆人

为您的闲暇日子执役。

我会让您晨间散步的草径常葆清新——每次您轻移莲步，都会有渴望死亡的花朵，用赞美迎接您的双足。

我会在七叶树❶的枝条之间，为您推动秋千——早早升起的暮月会奋力穿过叶隙，好亲吻您的裙裾。

我会用芬芳的油脂，添注您床边的灯盏，用檀香膏和藏红花膏，为您的脚凳画上美妙的图案。

女王

你想要什么酬劳?

仆人

只求您准我捧起,您娇如莲蕾的小小双拳,将花朵编织的镯子,轻轻套上您的手腕;只求您准我,用无忧花瓣❷的红汁涂染您的脚底,吻去您的脚底,偶然沾上的尘渍。

女王

准你所请,我的仆人,今后你就是我的园丁,负责照管我的花园。

二

"诗人啊,黄昏迫近,而你霜染发鬓。

---

❶ "七叶树"的原文是来自梵语的词汇 "*Saptaparna*",直译为"七叶树",指夹竹桃科鸡骨常山属常绿乔木糖胶树,拉丁学名 *Alstonia scholaris*,为印度传统药物。

❷ "无忧花瓣"的原文是 "ashoka petals","ashoka" 是来自梵语的词汇,意为"无忧",指豆科无忧树属常绿乔木无忧树,拉丁学名 *Saraca asoca*。无忧树是印度教的圣树,开芳香的红花。

"你可曾在孤独的冥想中，听见来世的音讯？"

"黄昏确已来临，"诗人说道，"而我侧耳倾听，是因为时辰虽晚，也许依然会有人，从村里将我呼唤。

"我凝神细看，是否有年轻的心，邂逅在漂泊的路途，是否有两双渴望的眼睛，乞求音乐为他们打破沉默，代他们倾诉心声。

"我若是坐在生命河流的岸边，冥想死亡与来世，谁来为他们，编织热情的歌诗？

"早出的昏星，此时已消隐不见。

"沉默河流的岸边，火葬的柴堆红光渐黯。

"残月照临的弃屋庭院，胡狼齐声嘶喊。

"兴许会有离乡背井的流浪行客，来这里守望夜晚，低头倾听黑暗的呢喃。我若是掩上门扉，希图摆脱尘世的羁绊，谁来将生命的奥秘，轻声送到他的耳边？

"霜染发鬓，无足介怀。

　　"我始终与村里最年轻的人一样年轻，与最年迈的人一样年迈。

　　"有些人笑得简单甜美，有些人眼里狡黠闪现。

　　"有些人泪水白日涌流，有些人泪水深藏黑暗。

　　"他们都需要我，我没有冥想来世的时间。

　　"我与所有的人同龄，鬓发霜染，又有何干？"

三

　　晨间，我把网撒到海里。

　　我从黑暗深渊，网起种种物事，它们有不曾见的形状，不曾见的美丽——有一些闪闪如笑，有一些莹莹如泪，还有些晕红浅浅，好似新娘的颊颐。

　　我背起白昼的沉重收获，回到家里；我的爱人闲坐花园，撕扯一枝花的叶子。

　　我迟疑片刻，把网来的东西放到她的脚下，默立无语。

　　她瞥向我的收获，开口说道："这都是些什么怪东西？我可不明白，这些有什么用处！"

　　我羞愧地低下头，暗自寻思："这些不是我奋

斗所得，也不是从集市买来，不配充当给她的礼
物。"

我整夜不眠，把这些东西扔到街上，一件接着
一件。

晨间，旅人纷纷到来；他们拾起这些东西，带
去遥远的土地。

四

唉，我的天，他们为何把我的屋子，盖在去集
镇的路边？

他们挨着我的树木，停泊满载的小船。

他们来来往往，任意游玩。

我坐在那里看着他们；我的时辰渐次凋零。

我不能赶走他们。如是这般，我的日子流逝
不停。

日日夜夜，我门前萦绕着他们的足音。

我只能徒然叫喊："我不认识你们。"

他们之中，有一些是我手指所识，有一些是我

鼻子所知；我脉管里的血液仿佛认得他们，还有一些，我曾在梦中识认。

我不能赶走他们。于是我招呼他们，如是说道："谁想来我的屋子，尽管来吧。真的，来吧。"

清晨，神庙里传来钟声。

他们来了，手里拎着花篮。

他们的双脚是玫瑰的红色。曙光洒满他们的脸。

我不能赶走他们。于是我招呼他们，如是说道："来我的园子里采花吧。这边请。"

正午，宫门前响起锣声。

我不知他们为何抛下工作，在我的篱边逡巡。

他们鬓边的花朵苍白凋残，他们的笛音倦怠慵懒。

我不能赶走他们。于是我招呼他们，如是说道："我的树荫凉爽宜人。来吧，朋友们。"

夜间，林子里蟋蟀欢鸣。

是谁慢慢走来，轻轻叩响我的房门？

我依稀看见来人的脸庞，我俩默默无语，天空的静谧笼盖四方。

我不能赶走我沉默的客人。我在黑暗中凝视来人的面影，梦幻的时辰流逝不停。

五

我躁动不安，渴望遥远的物事。

我的灵魂在切盼中离开身体，想触碰朦胧远处的边缘。

啊，辉煌的彼岸！啊，你长笛的殷切呼唤！

我不曾记起，始终不曾记起，我没有飞翔的羽翼，永远走不出现时的地点。

我焦灼难眠，在异乡做着异客。

你的气息来到我身旁，悄声道出，一个无法企及的希望。

我的心懂得你的语言，如同懂得它自己的语言。

啊，遥不可及之地！啊，你长笛的殷切呼唤！

我不曾记起，始终不曾记起，我不识路，也没有带翼的骐骥。

我无精打采，漂泊在自己心里。

透过慵倦时辰的晴日烟岚，你的影像在碧空里显现，何其广大无边！

啊，最远的终点！啊，你长笛的殷切呼唤！

我不曾记起，始终不曾记起，我独自栖居的屋子，紧闭着所有门扉！

六

驯养的鸟儿住在笼里，自由的鸟儿住在林间。

它们相会在注定的时辰，这是命运的驱遣。

自由鸟高声叫喊："我的爱人啊，我们飞进林子吧。"

笼中鸟悄声低语："进来吧，让我们笼中为伴。"

自由鸟说："栅栏里面，哪儿有展翅的空间？"

"唉，"笼中鸟叫道，"我可不知道，天空里哪有落脚的地点。"

自由鸟叫道："我的宝贝啊，唱一唱林野的歌曲吧。"

笼中鸟说："坐到我身边吧，我教你文雅的词句。"

林中鸟叫道："不，不对！歌曲是没法教的。"

笼中鸟说："可惜啊，我不会唱林野的歌曲。"

间阻让它们爱得痴狂，可它们永不能比翼飞翔。

它们隔笼相望，徒然企盼了解对方。

它们在渴望中拍打翅膀，齐声歌唱："靠近点儿啊，我的爱人！"

自由鸟高声叫喊："不行啊，紧闭的笼门叫我张惶。"

笼中鸟悄声低语："唉，我的翅膀没有力气，业已死亡。"

七

母亲啊，年轻的王子要从我们门口路过——今天早晨，我哪有心思做活？

教我怎么编辫子吧，告诉我该穿什么。

母亲啊，你为什么吃惊地看我？

我分明知道，他一眼也不会瞥向我的窗扉；我知道他会转眼走出我的视野，只剩下渐渐消隐的笛声，远远地向我呜咽。

可是，年轻的王子要从我们门口路过，我要用最美的妆扮，迎接这个时刻。

母亲啊，年轻的王子真的路过了我们的门口；清晨的阳光，映照着他的车辇。

我把面幂掀到一边，扯下红宝石的项链，把它扔到了他的车前。

母亲啊，你为什么吃惊地看我？

我分明知道，他不曾拾起我的项链，我知道项链碎在了他的轮下，尘埃里只剩一块红斑；没有人知道我所献何物，没有人知道我为谁而献。

可是，年轻的王子真的路过了我们的门口，而我将胸前的珠宝，扔到了他的车前。

八

床边灯盏熄灭之时，我与晨鸟一同苏醒。

我坐在敞开的窗边，披散的长发托着新鲜的花环。

玫瑰色的晨雾里，年轻的旅人沿路走来。

珠链系在他的颈项，阳光洒在他的冠冕。

他停在我的门前，急切地高声问我："她在哪里？"

只是因为羞赧，我说不出这句话："我就是她，年轻的旅人啊，我就是她。"

薄暮时分，灯盏尚未点燃。

我无精打采地编着发辫。

落日斜晖之中，年轻的旅人驱车前来。

他的马匹喷着白沫，他的衣衫尘渍斑斑。

他在我门前下车，声音倦怠地问我："她在哪里？"

只是因为羞赧，我说不出这句话："我就是她，疲惫的旅人啊，我就是她。"

四月的夜晚，我房里的灯盏正在燃烧。

南方的和风轻轻吹来，吵闹的鹦哥在笼里睡觉。

我的胸衣是孔雀颈项的颜色，我的披巾绿如嫩草。

我坐在窗边的地板上，看着空无一人的街道。

对着漆黑的夜色，我不断轻声念叨："我就是她，绝望的旅人啊，我就是她。"

九

夜里我独自赶赴幽期，鸟儿不啼，风儿不起，街边的房屋默默伫立。

是我自己的脚镯，一步响似一步，使得我羞赧不已。

我坐在露台听他的足音，树叶不曾簌簌低吟，河水也不声不响，宛如一柄宝剑，横在睡去哨兵的膝上。

是我自己的心，狂乱地跳个不停，我不知道，如何能让它安静。

当我的爱人到来，坐在我的身边，当我眼睑低垂，身躯抖颤，夜色愈加昏暗，风儿吹灭灯盏，云朵也把星星，藏到纱幂后面。

是我自己胸前的珠宝，兀自亮光闪闪，我不知道，如何能将它遮掩。

一〇

新娘子啊，放下你的活计吧。听，客人已经来到。

你是否听见，他轻轻摇撼闩门的链条?

别让你的脚镯高声喧闹;去迎他的时候，脚步也不要火急火燎。

新娘子啊，放下你的活计吧，客人已在傍晚来到。

不，新娘子啊，门外并不是幽幽的阴风，你不用胆战心惊。

门外是四月夜晚的满月，浅淡的树影铺在院庭，明亮的天空悬在头顶。

若是你非得如此，那就放下你的面幂；若是你心有畏惧，那就拿上灯去应门。

不，新娘子啊，门外并不是幽幽的阴风，你不用胆战心惊。

若是你羞于开口，就不要和他搭腔；见到他的时候，你不妨站在门旁。

若是他向你发问，若是你不愿回答，你不妨垂下眼睛，不声不响。

端着灯盏领他进门的时候，别让你的手镯颤颤摇晃，丁丁当当。

若是你羞于开口，就不要和他搭腔。

新娘子啊，活计还没做完吗？听，客人已经来到。

牛棚的灯盏，是否尚未点亮？

晚祭的供篮，是否尚未装好？

你发际的吉祥红痣，是否尚未点上；你晚间的梳妆，是否尚未停当？

新娘子啊，你是否听见，客人已经来到？

放下你的活计吧！

一一

就这样来吧，不要耽搁在你的妆台。

若是你发辫披散，若是你发缝斜歪，若是你胸
衣的丝带没有系好，全都不必介怀。

就这样来吧，不要耽搁在你的妆台。

来吧，快步踏过蒿莱。

若是露水洗去你染足的赭彩，若是你脚上的铃
镯渐渐松开，若是珍珠从你的项链掉落，全都不必
介怀。

来吧，快步踏过蒿莱。

你是否看见，云霾正在将天空覆盖？

鹤群从河流的远岸飞起，阵阵狂风扫过蓬蒿。

惊惶的牛群，向村里的厩舍奔逃。

你是否看见，云霾正在将天空覆盖？

你徒然点亮妆台的灯盏——它摇曳风中，黯然熄灭。

谁能看出，你眼睑未曾涂染灯煤？既然你的眼睛，比雨云还要乌黑。

你徒然点亮妆台的灯盏——它黯然熄灭。

就这样来吧，不要耽搁在你的妆台。

花环若是没有编好，谁会介怀；手链若是没有扣上，由它松开。

天空已覆满云霾——时辰已晚。

就这样来吧，不要耽搁在你的妆台。

一二

若你想忙碌片刻，汲满你的水罐，来吧，来我的湖吧。

湖水会紧紧围绕你的双足，汩汩吐露它的秘密。

雨意的暗影笼上沙地，低垂的乌云压住行行青树，宛如你紧贴双眉的鬒鬒额发。

我熟识你足音的节拍，它跳动在我心里。

来吧，来我的湖吧，若是你非要汲满水罐。

若你想闲坐片刻，任你的水罐随波浮泛，来吧，来我的湖吧。

湖畔有草坡葱绿，有无数野花烂漫。

你的思绪会飘出你乌黑的眼眸，宛如离巢浪游的鸟雀。

你的面幂，会跌落在你脚边。

来吧，来我的湖吧，若是你非要闲坐片刻。

若你想抛下你的游戏，纵身扎进水里，来吧，来我的湖吧。

将你蓝色的披巾撒在湖岸，蓝色的湖水会包裹你，遮蔽你。

水波会踮起脚尖吻你的颈项，在你耳边低语。

来吧，来我的湖吧，若是你想要扎进水里。

若是你非要疯癫行事，纵身赴死，来吧，来我的湖吧。

湖水清凉，深不见底。

湖水幽暗，宛如无梦安眠。

湖水深处，昼便是夜，静默便是歌曲。

来吧，来我的湖吧，若是你想要举身赴死。

一三

我一无所求，只是站在林子边缘，藏身树后。

黎明依然眼含倦意，露水依然盈满空气。

笼盖大地的薄雾里，弥漫着湿润草叶的慵懒气息。

你正在榕树❶底下挤牛奶，柔嫩的双手好似奶油。

我静静伫立。

我一言未发。是看不见的鸟儿，在丛莽深处歌吟。

芒果花落满村里的道路，蜜蜂次第飞来，嗡嗡

---

❶ "榕树"原文为"banyan"，指桑科榕属乔木孟加拉榕（*Ficus benghalensis*）。孟加拉榕原产印度次大陆，为印度国树。

营营。

池塘边的湿婆❶神庙开了门，香客开始诵经。

你正在挤牛奶，奶罐搁在膝头。

我伫立原地，拿着空瓶。

我不曾向你走近。

神庙响起锣声，天空瞿然苏醒。

牧人赶牛上路，牛蹄扬起灰尘。

女人纷纷从河边走来，水声汩汩的罐子挎在腰间。

你的手镯丁当作响，乳沫漫过奶罐的口沿。

晨光渐逝，我不曾向你走近。

一四

正午已过，竹枝在风里扑簌，那时我走在路旁，我不知是何缘故。

匍匐的影子伸长臂膀，紧抓住匆忙日光的双足。

杜鹃鸟不声不响，厌倦了自己的歌唱。

那时我走在路旁，我不知是何缘故。

高树投下荫凉，遮蔽水边木屋。

有人在屋角忙她的活计，身上的镯子乐声飞舞。

那时我站在木屋门口，我不知是何缘故。

弯弯小径穿过无数块芥菜田畦，无数片芒果林子。

它经过村里的神祠，它经过河埠的市集。

那时我停在木屋门口，我不知是何缘故。

那是多年之前，和风三月的一天，春日的呢喃慵懒无力，芒果的花朵零落尘间。

摇漾的水波跃起身来，舐舔河埠阶沿的铜罐。

我念记那个和风三月的日子，我不知是何缘故。

暗影渐深，牛群走在归栏的路途。

灰白天光洒落空寂草场，村民在岸边待渡。

我沿着原路缓缓归去，我不知是何缘故。

❶湿婆（Shiva）为印度教三大主神之一，世界的毁灭者和再造者。

一五

我飞奔不停，像飞奔在林荫里的麝鹿，痴迷于自身的芳馨。

夜晚是五月半的夜晚，轻风是南方来的轻风。

我迷途失路，四处漂游，所求不可得，所得非所求。

我自身欲求的影像冲出我的心，翩翩起舞。

这光闪闪的幻影飞掠向前，不止不休。

我想要将它牢牢抓住，可它躲开我的手，引我走入歧途。

我所求不可得，所得非所求。

一六

手相牵，眼相看，这便是你我心事的起点。

时候是三月的月夜，散沫花❶的芬芳风中弥漫，我的长笛委弃在地，你的花环不曾编完。

你我之间的爱，像一阕歌一样简单。

你橙黄的面幂，迷醉我的双眼。

你为我编织的素馨花环，犹如赞美的话语，让我心中震颤。

你我的游戏欲予还留，欲露还掩；些许微笑，些许浅浅羞赧，些许甜柔无用的刁难。

你我之间的爱，像一阕歌一样简单。

此刻之外无有奥秘，不苦求分外之物；迷醉之下无有阴影，不窥探黑暗深处。

你我之间的爱，像一阕歌一样简单。

我们不会离弃所有语言，走进永远的沉寂；不会向虚空伸出双手，乞求希望之外的物事。

我们所予所得，皆已足够。

我们不曾将欢乐榨到极限，免得榨出痛苦之酒。

❶散沫花（henna），别名指甲花，拉丁学名 *Lawsonia inermis*，为千屈菜科散沫花属灌木或小乔木。散沫花的叶子自古即是红褐色颜料的来源。

你我之间的爱，像一阕歌一样简单。

一七

黄鸟在她家的枝头歌唱，让我的心欢欣舞蹈。

我俩住在同一个村子，这是我俩最大的喜事。

她那对心爱的羊羔，会到我家园子的树荫里吃草。

要是它们误入我家的麦地，我就把它们抱在怀里。

我们村名叫坎詹那，人们管我们的河叫安詹那。

村里人都知道我的名字，她的名字是兰詹那。

我和她之间，只隔着一片田畦。

在我家林子里筑巢的蜜蜂，会去她家的林子采蜜。

从她家的河边梯级落水的花朵，会漂到我家的洗浴之地。

一筐筐晒干的红花❶，从她家的田地来到我家的店里。

我们村名叫坎詹那，人们管我们的河叫安詹那。

村里人都知道我的名字，她的名字是兰詹那。

蜿蜒伸向她家的小径，春天里飘满芒果花的
芳馨。

她家的亚麻成熟之时，我家的地里大麻❷开花。

在她家屋顶微笑的星星，也向我家展露闪闪的
笑影。

注满她家水槽的雨水，也让我家的迦昙波❸林
子欢洽。

❶ "红花"原文为"*kusm*"，指菊科红花属一年生草本植物红
花（不同于鸢尾科番红花属植物藏红花），拉丁学名 *Carthamus
tinctorius*。红花的花在中国和印度都是传统药物。

❷ 大麻虽可用于制毒，但也是重要的纤维作物及药用植物。

❸ "迦昙波"原文为"*kadam*"，指茜草科团花属常绿乔木团花树，
拉丁学名 *Neolamarckia cadamba*。在印度神话中，这种树是大神
克利须那（Krishna，又译"黑天"）的心爱之树，"迦昙波"是这
种树在汉译佛经里的名字。

我们村名叫坎詹那，人们管我们的河叫安詹那。

村里人都知道我的名字，她的名字是兰詹那。

一八

出门汲水的路上，两姊妹走到这个地方，笑意
吟吟。

她俩一定是察觉了某人的窥伺，每当她俩出门
汲水，那人总是，伫立在树丛背后。

走过这个地方的时候，两姊妹窃窃私语。

她俩一定是猜破了某人的秘密，每当她俩出门
汲水，那人总是，伫立在树丛背后。

汲水归来，两姊妹又经过这个地方，她俩的水
罐突然倾侧，清水四溅。

她俩一定是已经发现，某人的心正在颤抖，每
当她俩出门汲水，那人总是，伫立在树丛背后。

走到这个地方的时候，两姊妹相视而笑。

她俩的轻快脚步夹着笑声，搅乱了某人的心神，每当她俩出门汲水，那人总是，伫立在树丛背后。

一九

你走在河边的小径，满满的水罐挎在腰间。

你为何倏然转脸，隔着飘摆的面幂偷觑我？

那一抹晶亮的眼神，从黑暗中骤然降临，宛如一阵轻风，震动摇漾的水面，随即扬长而去，吹向朦胧的远岸。

那眼神骤然降临，宛如匆匆的暮鸟，从敞开的窗口飞进无灯的房间，转眼便飞出另一个窗口，在黑夜里消失不见。

你好比隐身山后的星星，而我是大路上的过客。

可是，当你走在河边的小径，满满的水罐挎在腰间，那时你为何瞬间驻足，隔着面幂偷觑我的脸？

二〇

日复一日，他来来往往。

去吧，我的朋友，从我发上取一朵花，拿去送给他吧。

他若是问起送花的人，求你不要说出我的名字，因为他只是来来往往。

他坐在树下的尘土里。

用花叶给他铺好坐席吧，我的朋友。

他的双眼含着哀愁，叫我黯然心伤。

他从不吐露心中所想，他只是来来往往。

二一

破晓时分，这年轻的流浪者，为何偏偏上我的门？

我出出进进，次次都经过他的身边；他的容颜，俘虏我的双眼。

我不知道，是应该开口搭话，还是该一言不

发。他为何偏偏上我的门？

七月的夜晚阴沉黑暗；金秋的天空浅浅蔚蓝；春天的日子，让南风撩得躁动不安。

每一季，他都用新鲜的旋律编织歌曲。

我撇下自己的活计，雾气盈满我的双眼。他为何偏偏上我的门？

二二

她从我身旁快步走过，裙子的边缘扫到了我。

一缕春天的暖意，突然从心灵的未知岛屿涌起。

起于瞬间触碰的一丝抖颤，倏忽拂过我的身体，宛如一片零落的花瓣，飘飞在微风里。

它落在我的心上，像是她身躯的一声叹息，又像她心灵的一句低语。

二三

你为何坐在那里，丁丁当当拨弄你的镯子，玩着全无意义的游戏？

　　汲满你的水罐吧，归家的时刻已来临。

　　你为何伸手撩弄流水，不时向大路张望某人的身影，玩着全无意义的游戏？

　　汲满你的水罐，回家去吧。

　　晨光已逝——幽暗的水流前行不止。

　　水波漾起笑意，窃窃私语，玩着全无意义的游戏。

　　浪游的云朵聚在天边，低垂在远处的高地。

　　它们留连不去，微笑着看你的脸，玩着全无意义的游戏。

　　汲满你的水罐，回家去吧。

二四

　　我的朋友啊，不要独守你心里的秘密！

　　告诉我吧，只告诉我，悄悄地告诉我。

笑容如此温柔的你啊，轻声细语地说吧，我会用心来听取，不用耳朵。

夜色深沉，屋子静寂，睡眠罩住鸟儿的巢窠。
带着犹疑的泪滴，带着踟蹰的笑意，带着甜蜜的羞耻与痛苦，向我说出你心里的秘密吧！

二五

"过来吧，年轻人，实话告诉我们，你为何眼色疯癫？"

"我不知我喝了什么样的野罂粟酒，弄得我眼色疯癫。"

"唉，可惜呀！"

"呃，有人聪明有人笨，有人警醒有人昏。有的眼睛笑吟吟，有的眼睛泪涔涔——而我眼色疯癫。"

"年轻人，你为何站在树荫里面，如此静定凝然？"

"我心灵的包袱，压得我双脚酸软，所以我静定凝然，站在树荫里面。"

"唉，可惜呀!"

"呃，有的人大步赶路，有的人徘徊不前，有
的人自由自在，有的人难逃羁绊——而我心灵的包
袱，压得我双脚酸软。"

二六

"我只接受你心甘情愿的施予，没什么别的乞
求。"

"当然，当然，我懂得你，你这知足的乞儿啊，
你要的是别人的一切所有。"

"若是有一朵流落的花给我，我就把它佩在心
头。"

"要是花上有刺呢?"

"我忍着。"

"当然，当然，我懂得你，你这知足的乞儿啊，
你要的是别人的一切所有。"

"只要你用爱怜的目光看我的脸，哪怕只看一眼，我的生命就会充满甜蜜，死而不休。"

"要是只有无情的目光呢?"

"我就让它无休无止，把我的心刺透。"

"当然，当然，我懂得你，你这知足的乞儿啊，你要的是别人的一切所有。"

二七

"相信爱吧，即便它带来伤悲。别关闭你的心扉。"

"噢，不，我的朋友啊，你的话晦涩朦胧，我听不懂。"

"我的爱啊，心只能用作赠礼，还得附上泪水与歌曲。"

"噢，不，我的朋友啊，你的话晦涩朦胧，我听不懂。"

"欢愉像露珠一样脆弱，笑声未停便会死亡，

悲伤却坚不可摧，地久天长。让悲伤的爱在你眼里
醒来吧。"

"噢，不，我的朋友啊，你的话晦涩朦胧，我
听不懂。"

"莲花会向着太阳盛开，挥霍自己的全部家当，
不愿在永恒的冬雾里，永远地含苞待放。"
"噢，不，我的朋友啊，你的话晦涩朦胧，我
听不懂。"

二八

你探询的双眼含着悲伤，想知道我的意图，好
比天上的月亮，想测量海洋的深度。

我已将我的生命，完全袒露在你眼前，毫无保
留，毫无隐瞒。正因如此，你才不了解我。

倘若它只是一块宝石，我可以把它砸成千片万
片，为你串一条项链。

倘若它只是一朵芬芳浑圆的小花，我可以把它

从枝头采下，戴在你的鬓边。

可它是一颗心啊，我的爱人，它哪会有底，哪会有岸？

你不了解这王国的界疆，可你依然是它的女王。

倘若它只是瞬间的欢愉，就会绽成轻松的笑颜，让你一目了然，立刻懂得它的内涵。

倘若它只是一时的痛苦，就会融成清澈的泪滴，映现它最深的秘密，不需要言辞解释。

可它是爱啊，我的爱人。

它有着无边无际的欢愉与痛苦，无尽无穷的匮乏与财富。

它与你亲密无间，一如你自己的生命，可你永远不能，穷尽它的奥秘。

二九

向我诉说吧，我的爱人！用言语告诉我，你唱的是什么。

夜色昏黑，星星隐没在云里，风儿穿林扫叶，声声叹息。

我会披散我的头发，我蓝色的披巾，会像夜色一样紧拥着我。我会把你的头揽到胸前，会借着这甜蜜的幽独，在你心上呢喃。我会闭目倾听，不看你的脸。

等你说完，我俩会静静对坐，默默无声，只有树木，在黑暗中簌簌低吟。

夜色将会褪去，曙光将会来临，我俩会四目相望，各自登程。

向我诉说吧，我的爱人！用言语告诉我，你唱的是什么。

三〇

你是我梦想的天空里，悠悠飘荡的晚云。
我用我爱恋的渴望，不断为你敷彩赋形。
你属于我，属于我，我无穷梦想的居人啊！

你的双足红如玫瑰，映着我痴情的炽烈光辉，拾取我零落暮歌的人啊！

你的嘴唇又甜又苦，沾着我痛苦之酒的滋味。

你属于我，属于我，我寂寞梦想的居人啊！

我用激情的暗影，染黑你的眼睛，萦回在我凝注深处的人啊！

我的爱人啊，我已用我音乐的网罗，捉住你，将你层层包裹。

你属于我，属于我，我永生梦想的居人啊！

三一

我的心好似野鸟，在你眼里找到天宇。

你的眼是晨光的摇篮，是星星的国度。

我的歌曲，迷失在你眼波深处。

只求让我翱翔那片天宇，飞进它无边的孤寂。

只求让我冲破它的云层，在它的阳光中展翅。

三二

告诉我，这一切是不是真的，爱人啊，告诉

我，这是不是真的。

我的眼睛闪出电光，你胸中的云翳，便会化作应和的暴风骤雨。

我的嘴唇甘甜无比，宛如初开情窦的初绽蓓蕾，是不是真的？

逝去五月的记忆，是不是驻留在我的肢体？

我双脚的触碰，有没有让大地像竖琴一样，颤抖着奏出乐曲？

还有，看到我的时候，黑夜的眼睛有没有淌下无数露滴；裹紧我身体的时候，晨光是不是无限欢喜？

为了找寻我，你的爱曾孑然穿越万千世纪、万千世界，是不是真的，是不是真的？

终于找到我的时候，你久远悠长的爱欲，有没有从我温柔的话语，从我的眼睛，从我的嘴唇，从我流泻的长发，找到完满的安宁？

还有，无限境域的奥秘，全都写在我小小的额头，是不是真的？

告诉我，爱人啊，这一切是不是真的。

三三

我爱你，我的爱人。原谅我的爱吧。

我像只迷途的小鸟，落入你的掌握。

我的心在震撼中失去纱幂，已是祖露无遗。用
怜悯包裹它吧，我的爱人，原谅我的爱。

倘若你无法爱我，我的爱人，原谅我的痛苦吧。

不要在远远的地方，对我侧目而视。

我会悄悄退回我的角落，坐在黑暗里。

我会举起双手，遮掩我祖露的羞耻。

转开你的脸吧，我的爱人，原谅我的痛苦。

倘若你爱我，我的爱人，原谅我的欢喜吧。

当喜悦的洪流卷走我的心，不要笑话我危殆的
放任。

当我登上我的王座，向你施加爱的专制，当我
效仿女神的威仪，向你颁降我的赏赐，容忍我的骄
矜吧，我的爱人，原谅我的欢喜。

三四

我的爱啊，不要不辞而别。
整夜守望的我，双眼笼着沉沉睡意。
我生怕在睡梦中失去你。
我的爱啊，不要不辞而别。

我瞿然惊起，伸出双手摸索你。我问自己：
"此刻可是梦境？"
但愿我能够，用我的心缠住你的脚，将它牢牢
拴在我的怀里！
我的爱啊，不要不辞而别。

三五

你作弄我，怕我太过轻易地了解你。
你用闪闪的笑声晃花我的眼，遮掩你的泪滴。
我明白，明白你的把戏，
你从来不说你想说的话语。

你千方百计地躲避我，怕我不珍惜你。
你孑然独立，怕我把你混同众人。
我明白，明白你的把戏，
你从来不走你想走的路径。

你的要求多于旁人，所以你绝口不提。
你淘气地假作粗心，避开我的赠予。
我明白，明白你的把戏，
你永远不要你想要的东西。

三六

他轻声说："我的爱人，抬起你的眼睛吧。"
我厉声呵斥他，对他说："去！"可他纹丝不动。
他站在我的面前，抓住我的双手，我对他说：
"走开！"可他就是不走。

他把脸凑到我的耳边，我瞥他一眼，对他说：
"真不要脸！"可他毫不收敛。
他的唇碰到我的脸颊，我浑身抖颤，对他说：

"真是大胆。"可他全不羞惭。

他把一朵花戴在我的鬓边，我对他说："这不管用!"可他站在那里，无动于衷。

他取下我项上的花环，就此离开，我泪水涟涟，追问自己的心："他为何一去不返?"

三七

美人啊，你可愿将你鲜花编就的花环，挂在我的胸前?

可你必须明白，我编的花环只有一个，为的是献与众人，献与那些偶然瞥见的身影，那些未知土地的住客，那些栖身诗行的居民。

要求我以心换心，已经为时太晚。

曾几何时，我的生命犹如蓓蕾，将所有的香气，珍藏在它的花蕊。

到得如今，它已经挥洒在四方八面。

谁懂得那样的魔法，能将它重行聚敛、重行

封缄？

我的心不容我私赠专人，它要向众人奉献。

三八

我的爱人啊，曾几何时，你的诗人想谱写伟大的史诗，所以让灵感的船儿解缆起碇，航行在他的心海里。

唉，可惜我粗心大意，所以它撞上你丁当的脚镯，结局悲凄。

它裂成一片片断曲残歌，在你的脚边七零八落。

我那些往古战记的货载，在笑声与泪水的波涛里颠簸浸透，悉数沉没。

我的爱人啊，你一定要好好赔偿，我这次的损失。

若我已无分领受，身后的不朽荣名，就趁我活着的时候，赐我永生。

那样的话，我不会哀叹我的损失，也不会埋怨你。

三九

一上午我都在编结花环，花朵却总是滑脱跌落。

你坐在那里，睁着你窥伺的眼睛，从眼角偷偷看我。

问问那双暗暗打着鬼主意的眼睛吧，这到底是谁的错。

我想唱一支歌，怎么也唱不出声。

暗藏的笑意在你唇边轻颤，问问它吧，我为什么唱不出声。

让你微笑的嘴唇宣誓作证，我的歌声是如何迷失在沉默里，像醉在莲花里的蜜蜂。

天已黄昏，正是花儿合瓣的时辰。

容我坐在你的身边，吩咐我的嘴唇做活吧，吩咐它去做那种，可以在朦胧的星光里，默默完成的活计。

四〇

我向你告别的时候，你眼里闪过怀疑的笑意。

我去而复返的次数，实在太过频繁，所以你觉得，我不久就会回还。

其实我自己的心里，也有同样的怀疑。

要知道，春天的日子一再重来，别去的满月还会重临，花朵岁岁重开，在枝头展露红晕，而我向你告别，多半也只为回来找你。

可你不妨让诀别的错觉，停留少刻，用不着横蛮无礼，忙不迭赶它离去。

听我说我要永远离开你，就当这话是真的吧，让泪水的雾气，暂且加重你眼圈的阴翳。

等我回来的时候，你尽可报以得意的笑容，想多得意就多得意。

四一

我渴望道出，我想对你说的至深话语，可是我不敢，怕你笑话我。

所以我嘲笑自己，用戏谑打碎我的秘密。

我把我的痛苦说得不值一提，怕的是你这么做。

我渴望向你倾吐，我想对你说的至真话语，可是我不敢，怕你不肯信我。

所以我用假话遮掩它们，言辞违背我的本心。

我把我的痛苦说得荒诞不经，怕的是你这么做。

我渴望道出，我为你准备的至高赞美，可是我不敢，怕你不给我等价的回馈。

所以我对你恶语相侵，还夸说自己坚毅无情。

我伤害你，怕的是你永远不知，痛苦的滋味。

我渴望在你身边默坐，可是我不敢，怕我的心跳出心窝。

所以我嘻嘻哈哈喋喋不休，把我的心藏在言语背后。

我粗鲁地对待我的痛苦，怕的是你这么做。

我渴望从你身边逃脱，可是我不敢，怕你看出我的怯懦。

所以我高昂着头，满不在乎地走到你的面前。

你目光的不断戳刺，让我的痛苦永葆新鲜。

四二

疯汉啊，你醉得黑地昏天；

若是你踢开家门，到众人面前丢人现眼，

若是你一夜倾囊，捻着响指嗤笑节俭，

若是你走上乖张的道路，把玩无用的物件，

若是你将节律和理性，晾在一边，

若是你迎着风暴扯起船帆，将船舵一折两段，

我就会与你一起，我的伙伴，酩酊大醉，堕入深渊。

我与慎重明理的邻人为伴，白白浪费昼日夜晚。

过多的知识染白我的头发，过多的瞻顾模糊我的视线。

年复一年，我收罗积攒，事物的残渣碎片：

摧毁它们吧，踩在它们上面跳舞，将它们随风

抛散。

因为我知道，至高的智慧便是酩酊大醉，堕入深渊。

让所有的诡谲顾忌一扫而空，让我迷途失路，执迷不返。

让天旋地转的阵风扑面而来，裹挟我脱离我的锚链。

世上多的是聪明有用的工徒，多的是英才俊彦，

多的是一步登天的领袖，多的是气度俨然的跟班。

让他们幸福美满，让我愚昧徒然。

因为我知道，所有工作的尽头，不过是酩酊大醉，堕入深渊。

我起誓，此刻就把所有的权利，让与各位令德高贤。

我舍弃我学识的荣耀，舍弃我是非的判断。

我会砸碎记忆的瓶罐，任最后的泪滴泼溅。

我会用莓红美酒的浮沫，将笑声洗得亮光

灿灿。

此时此刻，我便将文雅庄重的证章，扯成碎片。

我会发下神圣的誓愿，要变得不值一钱，酩酊大醉，堕入深渊。

四三

不，朋友们，随你们怎么说，我绝不禁欲苦行。

倘若她不与我一同受戒，我绝不禁欲苦行。

我意已决，若不能觅得一处荫凉可居的胜境，一个伴我清修的佳侣，我绝不禁欲苦行。

不，朋友们，我绝不抛下炉火与家宅，遁入林间的孤寂所在，除非那里的树荫，回荡着欢快的笑声，除非那里的风中，飘摆着橙黄的衣裙，除非有温柔的低语，加深那里的幽静。

我绝不禁欲苦行。

四四

可敬的神父啊，宽恕这对罪人吧。今天的春风打着狂野的旋子，吹去尘土与败叶，而你所有的训诫，也随它们一同逝去。

神父啊，不要说生命只是空虚。

要知道，就这么一次，我俩与死亡达成了休战的协议，就这么几个芳馨的时辰，我俩领受了永生的福祉。

纵使君王的人马纷纷赶来，气势汹汹包围我俩，我俩也会哀伤地摇摇头，告诉他们："弟兄们啊，你们搅了我们的清静。若你们非要继续，这种嚣杂的游戏，不妨去别处敲击，你们的兵器。要知道，就这么几个匆匆流逝的瞬息，我俩领受了永生的福祉。"

倘若友善的人们纷纷赶来，簇拥在我俩周围，我俩会恭谨地躬身致礼，告诉他们："这一份悖理逾分的莫大荣幸，使我们尴尬不已，因我们栖居的

无垠天空，实在没有隙地。要知道春天里，花儿会
一拥而至，忙碌的蜂儿你挨我挤，摩肩并翅。我们
的小小天堂只有两个永生的住客，但却逼仄得不可
思议。"

四五

客人若是必须离去，你须当祝他们一帆风顺，
扫去他们的所有足迹。

你须当含着微笑，将那些简朴宜人的切近物
事，拥入怀里。

今天是节庆的日子，属于那些不知死期的幻影。

让你的笑声，成为全无意义的欢喜，像水波上
的闪闪光明。

让你的生命，在时光的边缘轻轻起舞，像悬在
叶尖的露滴。

在你竖琴的和弦里，奏出瞬间的突兀韵律。

四六

你撇下我顾自离去。

我觉得，我应当为你的离去哀叹，应当用金色的歌曲制作神龛，装起你茕茕的身影，供奉在我的心间。

可是，厄运当头的我啊，光阴苦短。

韶光年年衰减，春日匆匆短暂，脆弱的花儿枉自凋残。智者赐我箴言，生命不过是一滴露水，流落在莲叶上面。

难道说，我应当对这一切不闻不见，顾自为她远去的背影，望眼欲穿?

那样做未免粗鄙愚顽，因为光阴苦短。

既是如此，来吧，我脚步噼啪的雨夜；微笑吧，我金色的秋天；来吧，无忧无虑的四月，将你的亲吻撒向四方八面。

你们都来吧，你也来，还有你!

我的亲爱啊，你们都知道，我们寿算有限。

她带着她的心一去不返，为她心碎岂不枉然？
因为光阴苦短。

坐在角落里痴想，谱写"你是我整个世界"的
诗篇，诚可谓深情款款。

紧抱自己的悲伤，决计不受慰劝，诚可谓气冲
霄汉。

可是，新鲜的面庞探进我的家门，抬起眼睛看
我的眼。

我只能拭去泪水，曲调新翻。

因为光阴苦短。

四七

若是你希望如此，我就会停止歌唱。

若我的目光，使得你心如鹿撞，我会移开视
线，不看你的脸庞。

若我的足音，骤然惊动散步的你，我会闪到一
旁，去别的道路流浪。

若我的身影，晃得你无心编结花环，我会远远

离开，你寂寥的花园。

若我的船桨，搅得水花乱溅，我会划走船儿，不靠近你的岸边。

四八

放我离开你温柔的牢笼吧，我的爱人！不要再为我斟上，这亲吻酿成的酒浆。

这浓烈香枝的袅袅迷雾，窒塞我的心房。

开门吧，给晨光让出地方。

我沉溺于你，你的爱抚将我重重捆绑。

帮我解开你施放的魔咒吧，把男子气概还给我，好让我把重获自由的心，奉献给你。

四九

我攫住她的双手，把她搂在我的胸前。

我想用她的美好填满我的怀抱，用亲吻劫取她甜蜜的笑颜，用眼睛吮吸她幽幽的顾盼。

可是，唉，哪里才是它的居所？谁能够攥住天空，榨取蔚蓝的天色？

我想把美抓住，可它躲开了我，留在我手里的，只有躯壳。

我悻悻而归，又是疲惫又是迷惑。

躯壳怎能触及，只容灵魂触碰的花朵？

五〇

爱啊，我的心日夜渴望与你相聚——我渴望的这次相聚，与吞噬一切的死亡无异。

请你像风暴一样将我席卷，请你攫取我所有的一切，请你砸开我的睡眠，劫夺我的梦幻，请你抢走我的世界。

借着这场毁灭，趁灵魂彻底裸露之时，让我们在美当中，融为一体。

唉，我的愿望只是徒然！我的神啊，若不走进你的恩光，哪里会有这融合的希望？

五一

我们把最后一阕歌唱完，然后就走吧。

等到夜尽天光，便将这个夜晚遗忘。

我想把谁紧抱在怀里？梦是抓不住的啊。

我急切的双手，将虚空摁在我的心上，压伤了我的胸膛。

五二

灯盏为何熄灭？

我用披巾为它挡风，所以它熄灭。

花朵为何凋谢？

我把它摁在胸前，生怕与它分别，所以它凋谢。

溪流为何枯竭？

我用堤坝将它截为己用，所以它枯竭。

琴弦为何断折？

我强行弹奏它力所不及的乐音，所以它断折。

五三

你为何用目光羞辱我？

我无意向你求告乞索。

我不曾踏进你花园的树篱，只在你院子尽头站了片刻。

你为何用目光羞辱我？

我不曾从你的花园里，采去哪怕一朵玫瑰，摘走哪怕一枚果实。

我安分守己，借路旁的树荫遮风蔽雨，随便哪个外乡旅人，都可以站在那里。

我不曾摘走，哪怕一朵玫瑰。

是啊，我的双脚酸软无力，又赶上天降骤雨。

哭号的阵风，穿过摇摆的竹枝。

乌云在天空里狂奔，好似败将残兵。

我的双脚酸软无力。

我不知你如何看我，不知你为谁等在门边。
闪闪的电光，晃花你守望的双眼。
我怎么知道，你居然能看见站在暗处的我？
我不知你如何看我。

白日已尽，骤雨乍停。
我走出你花园尽头的树荫，走出我歇脚的草茵。
天色昏暝，关上你的门吧，我这就动身启程。
白日已尽。

五四

入夜之时，集市已散，你挎着篮子，急匆匆赶去哪里？

人们已挑着各自的担子，回到各自家里，村里的树丛上方，月亮探头窥视。

呼唤渡船的声音久久回荡，掠过黑暗的水面，传进野鸭安睡的遥远沼地。

集市已散，你挎着篮子，急匆匆赶去哪里？

睡眠张开手指，捂住大地的眼睛。
乌鸦的巢窠归于沉寂，竹叶的低语归于沉寂。
劳作的人们从田间归来，在院子里铺开草席。
集市已散，你挎着篮子，急匆匆赶去哪里？

五五

你走的时候正是中午。
天上的日头酷烈难耐。
你走的时候，我已经做完活计，独自坐上露台。

风儿阵阵吹起，从远方携来，无数田畴的香气。
鸽子在树荫里喁喁对语，不休不止；一只蜜
蜂撞进我的房间，嗡嗡地叙说远方，无数田畴的
消息。

村子在正午的热浪里沉睡。路上空无一人。
树叶的簌簌声响，乍停乍起。

村子在正午的热浪里沉睡，而我凝望天空，在那片蔚蓝里编织，一个我熟识的名字。

我忘了编起我的头发。
慵懒的微风，在我颊上与它玩耍。
荫凉的河岸底下，流水不起浪花。
怠惰的白云纹丝不动。
我忘了编起我的头发。

你走的时候正是中午。
路上尘土灼热，田野气喘吁吁。
鸽子在密叶里喟喟对语。
你走的时候，我在露台独倚。

五六

我和别的许多女子一样，天天忙于庸常的家务。
你为何单单挑中我，带我走出平凡的生活，给我的荫凉庇护？

未曾表白的爱，无比圣洁庄严，好似宝石一般，在心底的暗隅璀璨。它若是照到好奇白昼的光线，立刻便显得晦暗可怜。

唉，你打碎我心灵的甲壳，将我那颤抖的爱，拽到无遮无掩的处所，永永远远地毁去，它悄悄筑巢的幽暗角落。

别的女子，全都一如往昔。

没有人去窥探，她们生命的底里；她们自己也不知道，她们自己的秘密。

她们轻轻地欢笑，轻轻地哭泣，轻轻地闲聊，轻轻地做着活计。她们天天去庙里点灯，天天去河边汲水。

我希望我的爱得到救赎，摆脱这无处藏身的战栗耻辱，可你掉头不顾。

是啊，你的前路畅通无阻，可你切断了我的后路，任由身无寸缕的我，赤裸裸地面对整个世界，面对它的无睑之目，日夜不停的凝注。

五七

世界啊！我采去了你的花朵。

我把花摁在胸前，花的刺扎痛了我。

白日阑珊，天色昏暗，我发现花已凋残，刺痛依然。

世界啊！你还会迎来芬芳娇艳的花朵。

可我的采花时节一去不返，我走进黑夜漫漫，不再有玫瑰陪伴，只剩下刺痛依然。

五八

一天早晨，一位盲女来到花园，送给我一个莲叶包裹的花环。

我把花环戴在颈项，泪水涌进我的双眼。

我亲吻她，对她说："你和这些花儿一样，眼睛看不见东西。

"你自己都不知道，你的礼物多么美丽。"

五九

女人啊，你不单出自真神的妙手，也是凡人的佳构；凡人不断用心中的美，为你添彩增辉。

诗家用奇思妙想的金线，为你编织瑰丽的霓裳；画师将常变常新的不朽，赋予你的形象。

大海献出珍珠，矿山献出金子，夏日的苑囿献出花卉，为的是装扮你，包裹你，令你更加珍贵。

凡人心灵的欲求，用自身的璀璨光明，照耀你的青春。

你一半是女人，一半是梦幻。

六〇

美啊，刻进石头的美，在生命的喧嚣驰骤之中，你不言不动，遗世独立。

伟大的时间，痴痴地坐在你的脚边，柔声低语：

"说话吧，对我说话，我的爱人；说话吧，我的新娘！"

只可惜你的话语，禁闭在石头里，岿然不动的美啊!

六一

安静吧，我的心，让别离的时刻滋味甘甜。

别让它成为一次死亡，让它成为一份完满。

让爱融进记忆，让痛苦融进诗篇。

让飞越天空的旅程，终结于巢边敛翼的恬然。

让你双手的最后触碰，像夜的花朵一样温婉。

美丽的结局啊，请你静立片刻，默默道出你临别的赠言。

我会向你躬身致意，为你举起照路的灯盏。

六二

我沿着梦境的幽暗小径，寻访我前世的爱人。

冷清的街道走到尽头，便是她的屋子。

傍晚的微风里，她心爱的孔雀在栖木上打盹，角落里的鸽子静默无声。

她把灯盏搁在门边，站到我的面前。

她抬起大大的眼睛，看着我的脸，无言地询问："你好吗，我的友人？"

我想要开口作答，可我俩的语言已经失落，已经忘却。

我想了又想，怎么也想不起我俩的名字。

她向我伸出右手，眼里泛起泪光，我握住她的手，默然伫立。

傍晚的微风里，我俩的灯盏摇曳熄灭。

六三

旅人啊，你必须走吗？

夜晚沉寂，黑暗倚着树林，昏昏睡去。

我们的露台灯火通明，花儿水灵，年轻的眼睛依然清醒。

你离去的时间到了吗？

旅人啊，你必须走吗？

我们不曾用求恳的手臂，绑缚你的双足。

你的门全都开着，你的马儿站在门口，鞍辔齐整。

纵使我们试过拦你的路，用的也只是我们的歌声。

纵使我们试过把你留住，用的也只是我们的眼睛。

旅人啊，我们没有挽留你的法子。我们只有泪水。

什么样的不灭火光，在你的眼睛里闪亮？

什么样的不息热浪，在你的血液里奔腾？

什么样的召唤，从黑暗里催你启程？

你从满天星辰之间，读到了什么样的可怕咒文，使得黑夜带着缄封的密信，走进了你沉默陌生的心？

若是你厌弃欢闹的聚会，若是你定要清静，疲惫的心啊，我们会吹灭灯火，放下竖琴。

我们会在叶声萧萧的黑暗里静坐，倦怠的月

亮，会把淡淡的光华洒上你的窗棂。

旅人啊，是什么样的不眠精灵，从午夜的心里触动了你？

六四

我在尘土火烫的道路奔走，消磨了我的白昼。

此时是凉爽的黄昏，我叩响旅舍的大门。旅舍空无一人，破败倾圮。

一株阴森的菩提树，伸开贪婪攫取的树根，穿过墙上的宽阔裂隙。

曾几何时，旅人纷纷来到这里，将疲乏的双脚濯洗。

借着初升月亮的微光，他们在院子里铺开草席，坐下来谈论陌生的土地。

晨间他们精神焕发地醒来，鸟儿让他们满心欢喜，路边的亲切花朵，向他们颔首致意。

我来的时候，却没有灯火相迎。

久已消逝的无数晚灯，在墙上留下烟熏的黑印，斑斑黑印凝视着我，仿佛是失明的眼睛。

涸池边的灌木丛里，萤火乍现乍隐；竹枝将自己的影子，投在荒草萋萋的小径。

白昼的尽头，我成了无主之客。

前方是漫漫长夜，而我精疲力竭。

六五

你又在召唤我吗？

天已黄昏，倦意好比痴缠的爱，伸出双臂把我箍紧。

你真的在召唤我吗？

残忍的女主啊，我已向你献出整个的白昼，难道你定要，把我的夜晚一并夺走？

万事都有限度，黑暗的幽独，更是各人专属之物。

难道你的声音，定要劈开这层幽独，打得我体无完肤？

难道说你门前的黄昏，永远不会奏响，睡眠的乐章？

难道说翅翼无声的星辰，永远不会登临，你冷酷塔顶的穹苍？

难道说你园里的花儿，永远不零落尘土，拥抱温柔的死亡？

不知休歇的你啊，你定要召唤我吗？

那就让爱的泪眼枉自守望，枉自潸然。

让灯盏燃烧在空寂的房间。

让摆渡的船儿，将疲惫的劳工载往家园。

我撇下自己的梦，匆匆赶赴你的召唤。

六六

疯子四处流浪，寻找点金之石。他纠结的褐发满是灰尘，身躯消瘦如同影子；他嘴唇紧绷，好似他紧闭的心门；他两眼通红，好似求偶的萤灯。

无边的大洋，在他面前咆哮。

饶舌的波涛，不停谈论隐秘的宝物，不停地嘲笑，不懂它们意思的愚蠢。

兴许他已经不存希望，可他不肯停息，因为寻宝已变成他的生命——

正如大洋，永远将臂膀伸向天空，祈求无法获得的物事——

正如星星，虽然在圆周里运行，却也追寻无法企及的目的——

如是这般，这个尘满褐发的疯子，依然游荡在荒寂的海滩，寻找点金之石。

一天，一个村童走到他身边，开口问道、；"告诉我，你腰间这条金链，是从哪里得来？"

疯子遽然惊跳——链子本是铁质，如今却是如假包换的金子；这不是梦中幻境，可他并不知晓，铁链成金是在何时。

他疯狂捶打自己的额头——在哪里，究竟是在哪里，他不知不觉地实现了目的？

之前他已经养成习惯，捡起石子来点腰间的铁

链，跟着就扔掉石子，不去看链子可有改变；如是
这般，疯子的点金石得而复失。

落日西沉，天空宛如金铸。
疯子原路折返，重寻失去的宝物。他筋疲力
尽，腰弯背驼；他的心跌进尘土，像一棵连根拔起
的树。

六七

纵然黄昏缓步走来，挥手止住所有的歌声；
纵然你的同伴都已安歇，你也是疲惫难当；
纵然恐怖在黑暗中氤氲，纱幂遮蔽天空的面影；
鸟儿啊，我的鸟儿，听我说，不要收拢你的
翅膀。

这不是丛林密叶的暗影，是海洋在汹涌涨溢，
像一条黢黑的巨蟒。
这不是盛开素馨的欢舞，是浪花在闪闪发亮。
唉，何处是阳光明媚的青葱海岸，何处是你的

巢窠？

　　鸟儿啊，我的鸟儿，听我说，不要收拢你的翅膀。

　　你的路途长夜漫漫，沉睡的黎明，还躺在朦胧山丘的背面。

　　星星屏息数算时辰，柔弱的月亮，浮泛在深深的夜晚。

　　鸟儿啊，我的鸟儿，听我说，不要收拢你的翅膀。

　　这里没有你的畏怖，也没有你的希望。

　　没有消息，没有低语，没有叫嚷。

　　没有家园，没有安歇的卧床。

　　只有你自己的一双翅膀，只有无路的穹苍。

　　鸟儿啊，我的鸟儿，听我说，不要收拢你的翅膀。

六八

兄弟啊，人皆有死，无物常住。记着这些话，尽情欢乐吧。

我们的生命，不是老生常谈的陈旧包袱，我们的道路，不是老生常谈的漫长旅途。

特立独行的诗人，不必吟唱陈腔滥调。

戴花的人，不必为凋谢的花朵，永远悲悼。

兄弟啊，记着这些话，尽情欢乐吧。

彻底的停顿终须到来，好将完满织进乐章。

生命总会在日落时垂头俯身，好没入金色的光影。

爱终须奉召撒下它的游戏，好去痛饮悲伤，升入泪水的天堂。

兄弟啊，记着这些话，尽情欢乐吧。

我们匆忙采撷自己的花朵，免得过路的风儿跑来哄抢。

我们攫取稍纵即逝的亲吻，由此血脉贲张，眼睛明亮。

我们的生命充满热望，我们的欲求炽烈难挡，因为时间，将离别的钟声敲响。

兄弟啊，记着这些话，尽情欢乐吧。

我们没时间攥紧任何物事，没时间把它捏碎，再把它扔给灰尘。

时辰飞快溜走，将它的梦想，藏进它拖曳的衣裙。

我们的生命为时短暂，只给爱留出几天光阴。

若是用于劳作和苦役，生命才变得漫漫无尽。

兄弟啊，记着这些话，尽情欢乐吧。

美让我们欣悦，只因她的舞曲转眼告终，恰如我们的生命。

知识让我们珍惜，只因我们时间有限，永不能将它穷尽。

永恒的天堂里，一切皆已尘埃落定。

大地的幻象之花，却因死亡而得常新。

兄弟啊，记着这些话，尽情欢乐吧。

六九

我追猎金鹿。

朋友啊，不怕你们见笑，我追的是我追不到的幻影。

我翻山越谷，浪迹无名的土地，因为我追猎金鹿。

你们到集市采买东西，然后便满载归家，我却不知在何时何地，中了无家风儿的咒语。

我心中了无牵系，我已将全部所有，远远抛在身后。

我翻山越谷，浪迹无名的土地——因为我追猎金鹿。

七〇

我记得，儿时的一天，我把一只纸船放进沟渠，让它随流浮泛。

那是七月里，一个阴湿的日子，我独自一人，开心地玩着游戏。

我把我的纸船放进沟渠，让它随流浮泛。

突然间，乌云滚滚，狂风阵阵，大雨倾盆。
横流的泥水灌满沟渠，掀翻我的纸船。
我恨恨地想，风暴是特意来夺走我的快乐，它
所有的恶意，全都是针对我。

今天是七月里，一个漫长的阴霾日子，我默默
回想，一生中输掉的所有游戏。
我怪罪命运，怪罪它对我诸般欺骗，此时却突
然记起，那只沉在沟里的纸船。

七一

白昼尚未终结，河岸的市集尚未消歇。
我担心自己虚耗时辰，落得身无分文。
不对，我的兄弟啊，我还有些许余剩。我的命
运，并没有骗得我一干二净。

买卖已经做完。

买家卖家两无赊欠，到了我回家的时间。

可是，看门人啊，你是来收费的吗？

别担心，我还有些许余剩。我的命运，并没有骗得我一干二净。

风停的间隙预告风暴，西天的低云宣示恶兆。

静默的水流，等待着风起的时刻。

我加快脚步，想赶在入夜之前渡河。

噢，船夫啊，你在等你的船钱！

是的，兄弟，我还有些许余剩。我的命运，并没有骗得我一干二净。

路边的树下坐着乞丐。唉，他紧盯着我的脸，眼里是惶恐的企盼！

他准是以为，我今天无赔有赚，钱囊饱满。

是的，兄弟，我还有些许余剩。我的命运，并没有骗得我一干二净。

夜色渐深，荒径无人，草叶之间萤火闪烁。

你是何人，为什么脚步轻悄地尾随我？

噢，我明白了，你是想抢走我全部所得。我绝不叫你徒劳无获！

因为我还有些许余剩，我的命运，并没有骗得我一干二净。

午夜时分，我回到家中，两手空空。

无眠的你等在我的门边，眼色焦急，不言不语。

像一只怯生生的鸟儿，你带着热切的爱意，飞扑到我的怀里。

咳，咳，我的神啊，余剩还多得很哩。我的命运，并没有骗得我一干二净。

七二

我付出累日辛劳，建起一座神庙。神庙无门无窗，只有巨石垒筑的厚墙。

我忘怀其余一切，避开整个世界；我凝望供在圣坛的神像，如痴如狂。

神庙里永夜无昼，照明的灯盏灌着香油。

香枝的烟雾袅袅不断，将我的心，裹进密密的圈环。

我不休不眠，在四壁刻上繁复迷乱的线条，刻出千奇百怪的图像——带翼的马，人面的花，肢体如蛇的女郎。

我不曾留下任何通道，鸟儿的歌声，树叶的低语，还有忙碌村庄的喧嚣，通通无法进庙。

只有一个声响，只有我的呗唱，在神庙的黑暗穹窿里回荡。

我的心智变得专凝热切，像一条尖尖的火舌；我的觉知，在狂喜之中晕厥。

我浑然不觉光阴流淌，直到雷霆摧垮我的神庙，痛苦刺穿我的心房。

神庙里的灯盏，突然显得暗淡羞惭；天光下的满墙雕刻，好似披枷带锁的幻梦，空洞扎眼，无地自容。

我望向圣坛上的神像，发现它笑意吟吟，神赐予的真切触碰，已让它有了生命。曾被我囚禁的黑夜，此时已展翅飞去，不见影踪。

七三

你手中没有无尽的资财，我坚忍无华的尘土母亲！

你千辛万苦地养活子女，却没有足够的粮食。

你为我们备下的喜悦礼物，从不会完美无疵。

你为子女制作的玩具，件件都脆弱易碎。

你无力满足我们全部的渴望，纵是如此，我怎可把你背弃？

你的笑容笼着痛苦的暗影，在我眼里却无比甜美。

你的慈爱不知成就的滋味，在我心里却无比珍贵。

你用生命的乳汁哺育我们，却没有永生的乳汁，所以你的眼睛，永远充满警惕。

你用色彩与歌曲建造天堂，耗去千年万纪，天堂却只是可叹的雏形，未到落成之日。

你创造的美丽事物，全都蒙着泪水的雾气。

我要把我的歌曲，倾入你喑哑的心；我要把我的爱，倾入你的爱里。

我要用劳作来礼拜你。

我见过你温柔的面影，我热爱你哀伤的尘土，
大地母亲。

七四

素朴的草叶，可以在世界的觐见厅里，与阳光
和午夜星辰，同坐一席。

我的歌曲，同样可以在世界的心里，与森林和
云彩的音乐，分享座椅。

财主啊，你的财富却无分领受，欣悦金阳的素
朴辉煌，沉思月亮的柔美清光。

被覆一切的天空，无法为你的财富洒上祝福。

死亡到来之时，它只能黯淡干枯，化为尘土。

七五

午夜时分，矢志苦行的人如是宣称：

"时辰已到，我要弃家求道，将神找寻。唉，
是谁让我沉迷幻梦，耽误如许光阴?"

神轻声说道："是我。"这人充耳不闻。

这人的妻子怀抱熟睡的婴孩，安稳地睡在床的另一边。

这人说道："你们迷惑我如许时日，你们是什么人？"

神再次开口："他们就是神。"这人没有听见。

婴孩在梦中哭喊，把母亲偎得更紧。

神如是吩咐："站住，傻子，不要离家出走。"这人聋聩依然。

神唉声叹气，口出怨言："我的仆人背弃我，同时又东跑西颠地找寻我，却是为何？"

七六

人们在神庙门前赶集。清晨就下起了雨，到得此时，白日行将逝去。

一个小姑娘，花一分钱买了只棕叶哨子；她明丽的笑容，比人群的全部欢颜还要明丽。

哨子的欣喜尖叫，盖过所有的喧声笑语。

赶集的人们川流不息，你推我挤。道路泥泞，河水涨溢，连绵的淫雨淹没田地。

一个小男孩的烦忧，比人群的全部烦忧还要深切——他一分钱也没有，买不来想买的彩绘棍子。

他渴盼的双眼，紧盯着卖棍子的店肆，把这场人类的盛会，变得可悲无比。

七七

西边来的窑工夫妇，忙着替砖窑挖土。

他们年幼的女儿去到河边的阶沿，无休无止地洗碗刷盘。

她年幼的弟弟剃着光头，光溜溜的黧黑身子沾满泥污。弟弟跟着她去到河边，照她的吩咐，耐心地等在高高的河岸。

回家的时候，她头上顶着满满的水罐，左手拎着亮闪闪的铜壶，右手与弟弟相牵——好一个妈妈的小仆人，背负着家务的重担，她显得无比庄严。

一天，我看见这个光溜溜的男孩，伸开双腿坐在河边。

　　他的姐姐坐在水里，用泥土擦洗一把酒壶，把酒壶转了又转。

　　附近有一只毛茸茸的羊羔，沿着河岸吃草。

　　羊羔走到男孩身边，突然间咩咩大叫，男孩吓了一跳，尖声叫喊。

　　姐姐放下手里的酒壶，跑上河岸。

　　她一手抱起弟弟，一手抱起羊羔，让他俩分享她的爱抚：她用一条爱怜的纽带，将人类的孩子与动物的孩子，连为一体。

七八

　　五月的闷热正午，长得仿佛没有尽头。焦渴的田土，在热浪中张开大口。

　　我听见河边有人呼喊："来呀，我的宝贝儿！"

　　我合上书本，推窗眺望。

　　我看见一头浑身泥泞的硕大水牛，眼色安详地站在河边；一个小伙子站在齐膝深的水里，呼唤它下河洗浴。

　　我欣然微笑，心里涌起一丝甜蜜。

七九

我时常悬想，既然动物的心灵昧于言语，人类与动物相互识认的契机，究竟藏在哪里。

万物始创的远古清晨，他们的心灵相互探看；那时所走的简便路径，穿行在什么样的原初乐园？

他们常来常往的足迹，至今不曾漫漶，虽说他们早已忘记，彼此之间的亲缘。

但那份朦胧的记忆，依然会在无词的乐声里，蓦然醒转：动物会怀着温柔的信赖，举目凝望人类的脸；人类会怀着欣然的怜爱，低头注视动物的眼。

情形就像是两个朋友，相逢在头戴假面的时候，又透过假面的伪装，依稀认出了对方。

八〇

你秋波一转，便可一举掳去，诗人竖琴奏出的万千歌曲，美丽的女人啊！

可你无意聆听，诗人的赞美，所以我赞美你。

你能让世上最高傲的头颅，俯伏在你脚底。

可你只愿崇奉，你那些籍籍无名的亲人，所以我崇奉你。

你完美双臂的触碰，能让王者的威仪更添光辉。

可你只用双臂拂拭尘土，洒扫你寒微的庭除，所以我满心敬畏。

八一

死亡啊，我的死亡，你在我耳边的言语，为何如此轻声细气？

黄昏时花儿萎蔫，牛羊纷纷归栏，你悄悄来到我的身畔，说着我听不懂的辞言。

死亡啊，我的死亡，难道你必须用这样的方式，来求取我的爱意，必须借助催眠的细语，借助冰凉亲吻的麻痹？

我俩的婚礼，难道没有盛大的仪式？

难道你不用花环，绾起你褐黄的发卷？

死亡啊，我的死亡，难道你没有，执幡先导的仆役，难道你没有，燃亮夜晚的彤红火炬？

吹着你的螺号来吧，趁着这无眠的夜晚。

为我裹上猩红的披巾，抓紧我的手，带我走吧。

备好你的车辇，让它等在我的门前，让你的辕马，焦躁嘶喊。

死亡啊，我的死亡，掀起我的面幂，骄傲地端详我的脸吧！

八二

我和我的新娘，今夜要做死亡的游戏。

夜色黢黑，天空的云朵倏忽变幻，大海的波涛怒吼如狂。

我和我的新娘，离开梦幻的卧床，推门走到外间。

我俩坐上秋千，暴烈的狂风，从我俩的身后狠狠推搡。

我的新娘猛然悸动，且惧且喜，她瑟瑟抖颤，紧偎在我的胸前。

长久以来，我待她百般温存。

我用鲜花为她铺床，为她关上房门，不让粗鲁的强光，照到她的眼睛。

我轻吻她的嘴唇，在她耳边柔声低语，直到她慵倦乏力，昏昏沉沉。

朦胧的甜蜜，化作无边的雾气，她迷失自己。

她不再回应我的爱抚，我的歌声，再不能将她唤醒。

今夜，荒野里传来风暴的呼唤。

我的新娘战栗着站起身来，紧抓住我的手，走到外间。

她的头发随风飞舞，她的面幂猎猎飘扬，她的花环，在她胸前簌簌作响。

死亡的推搡，已将她推进生命。

我和我的新娘，脸对着脸，心连着心。

八三

她住在半山的玉米田边，左近是那道涓涓的流泉，泉流穿行在古树的浓荫里，欢声汩汩不断。妇人们总是到泉边汲水，旅人总是坐在泉边，休息谈天。她伴着潺潺的泉声，日复一日地操劳，日复一日地憧憬。

一天傍晚，那个生人走下云遮雾罩的山巅。他的头发好似欲睡的蛇儿，一绺绺盘绕纠缠。我们惊奇地问他："你是何人？"他没有回答，顾自坐在絮絮叨叨的泉边，默默凝望她栖身的小屋。我们吓得心肝抖颤，天一黑便各自归家。

次日清晨，汲水的妇人来到雪松❶掩映的泉边，发现她的小屋开着门，屋里却没有她的声音，还有啊，她的笑颜又去了哪里？地板上是空空的水罐，角落里是顾自燃尽的灯盏。谁也不知道，她连夜逃去了哪里——那个生人，也已经不见踪影。

五月来临，日炽雪消，我们坐在泉边哭泣。我们暗自思忖："这焦渴的日子里，她去的那片土地可有流泉，好让她汲满水罐？"我们忧心如焚，相

---

❶雪松原文为"deodar"，指原产印度等地的喜马拉雅雪松（*Cedrus deodara*）。喜马拉雅雪松为大型常绿针叶乔木，为印度教圣树之一。

互询问:"我们生活的山丘之外,可还有别的土地?"

夏天的一个夜晚,微风从南方吹来,我坐在她的空屋里,无火的灯盏寂然伫立。忽然间,山丘宛如一道道拉开的帘幕,纷纷从我眼前消逝。"噢,是她来了。你一向可好,我的孩子?你过得快不快乐?可是,你这片天空无遮无掩,天空下哪有你蔽身之所?还有,唉!你这里没有我们的泉水,解不了你的渴啊。"

"天空还是同一片,"她说道,"只是摆脱了群山的篱藩;泉流还是同一道,只是长成了一条河川;土地还是同一块,只是展成了一片平原。""你这里什么都有,"我叹道,"只可惜没有我们。"她哀伤地笑了笑,回答道:"你们在我心里啊。"我蓦然惊醒,耳边是潺潺的泉鸣,还有那夜晚松林,簌簌的叶声。

八四

秋天的云影,掠过青黄的稻田,太阳在后面快步追赶。

陶醉在光明里的蜜蜂，忘记了吮吸花蜜，嗡嗡盘旋，疯疯癫癫。

河洲上的鸭群，无端端欢声喧阗。

今天早晨，弟兄们，谁也别回家，谁也别去工作。

让我们像风暴一样征服蓝天，奔跑着夺取空间。

笑声在空气中浮泛，如同洪流表面的水沫。

弟兄们，让我们挥霍早晨，把它献给无用的歌。

八五

百年之后，你读着我的诗，读者啊，你是谁呢？

我无法撷取这春日的繁华，遥寄你哪怕一枝鲜花，也无法撷取天边的云彩，遥寄你哪怕一缕金霞。

打开你的门，看看外面吧。

从你繁花盛开的园子，采集百年之前的消逝花朵，留下的芬芳记忆。

愿你从自己心底的喜悦里，领略那份鲜活的欢

欣：它曾在往日的春朝一展歌喉，又将它愉快的声
音，传送到百年之后。